UN ÉPISODE DE LA VIE D'UN FAUX DÉVOT

ET AUTRES TEXTES

Eugène L'Écuyer

Edition : Culturea (culurea.fr), 34 Hérault
Contact : infos@culturea.fr
Impression : BOD, Norderstedt (Allemagne)
ISBN : 9791041980987
Date de publication : juillet 2023
Mise en page et maquettage : https://reedsy.com/
Cet ouvrage a été composé avec la police Bauer Bodoni

Un épisode de la vie d'un faux dévot

I
LE FAUX DÉVOT

I

Un saint et un impie à la façon du monde

Dans une paroisse, voisine de Montréal, vivaient, il y a quelques années, deux hommes au caractère, aux mœurs, aux habitudes diamétralement opposés ; et, providence ou hasard, leurs habitations étaient presque contiguës ; elles n'étaient séparées l'une de l'autre que par une espèce de ruelle, ou cul-de-sac très étroit.

L'un, Paul B..., affectait, en matière de religion, un rigorisme qui eût paru ridicule aux yeux des personnes éclairées ; mais que l'ignorance et le fanatisme de l'endroit regardaient quasi comme un rayon de la sainteté du Christ ! En fait de pratique au moins, jamais homme n'avait été plus assidu, plus régulier, plus irrépréhensible. Aussi, hâtons-nous de le dire, Paul B... tenait bien moins au dogme, dont il se souciait assez peu, qu'au culte : tout son catéchisme à lui n'était qu'une affaire d'apparence : sa religion était toute au dehors. - Ainsi, par exemple, règle invariable, il passait chaque jour des heures entières à l'Église, marmottant d'interminables prières...

- Ce simulacre de piété extérieure avait pourtant suffi pour lui acquérir une réputation de mystique !... Cette réputation le flattait ; il ne négligeait rien pour l'accréditer. Chaque fois que l'occasion se présentait, il ne parlait jamais que des choses du ciel - les biens de la terre lui souriaient peu - il avait toujours de pieuses maximes sur les lèvres ; il affectait une grande inclination à la pénitence, etc., etc. La nature aussi lui aidait admirablement à jouer son rôle : son teint hâve, cadavéreux, sa figure livide, ses yeux creux, éteints, son front profondément ridé, sa tête chauve, ses mains osseuses, décharnées, sa démarche nonchalante..., tout cela ne contribuait pas peu à raffermir la crédulité du vulgaire. Quand Paul B... avec sa longue redingote râpée – qu'il portait hiver et été, sans doute par esprit d'humilité et de pénitence – traversait le bourg, on voyait les femmes se précipiter aux fenêtres avec leurs enfants et le montrer respectueusement du doigt comme une espèce de Messie ! Malheur à qui eût osé toucher à la réputation du saint homme : mieux eût valu toucher à la prunelle de ces bonnes femmes !

Son voisin, Jacques M..., gros gaillard à la tournure carrée, à la figure presque boursouflée, à l'œil vif et étincelant, n'aurait pu, physiquement parlant, afficher un esprit de pénitence aussi impunément que Paul B..., supposant qu'il en eût eu l'intention. Mais il n'y avait jamais pensé. Autant Paul B... avait la réputation d'homme exemplaire, autant Jacques M... avait celle de mauvais citoyen. De fait ce dernier était loin, bien loin d'être extérieurement religieux : il avait bien d'excellents principes ; peut-être même était-il intérieurement meilleur catholique que Paul B..., mais malheureusement il ne s'en tenait qu'à la théorie, et négligeait un peu le culte extérieur. Quand on lui en faisait reproche, il disait que la plupart de ces grands dévots en apparence étaient tout simplement des hypocrites qui voulaient en imposer au monde – hypothèse qui n'est pas tout à fait inadmissible au fond, mais qui cependant ne saurait servir d'excuse. – Il était donc bien rare de voir Jacques M... payer d'apparence en fait de dévotion. En fallait-il d'avantage pour lui attirer l'animadversion, l'anathème public, surtout à la campagne ?

En résumé, on canonisait Paul B..., puis on réprouvait Jacques M...

Ainsi l'on jugeait ces deux hommes, comme on juge malheureusement tous les autres : sur les apparences. Nous disons malheureusement ; car l'apparence est presque toujours mauvaise conseillère ; et, pour nous servir d'une figure, ce n'est assez souvent qu'un vernis fascinateur qui couvre un bois pourri.

Laissons pour un instant les apparences de côté.

Qui connaissait réellement Paul B... ? Il n'était dans la paroisse que depuis une année et personne n'avait eu avec lui de relations quelque peu intimes. Ce pouvait bien être un loup sous la toison de la brebis ? – Impossible, s'écriait le vulgaire, c'était en apparence un grand dévot, donc ce devait être un homme de bien. Raisonnement du monde...

Connaissait-on mieux Jacques M... ? Oui : il était né dans l'endroit, né de famille intègre ; jamais on avait eu à lui reprocher le moindre écart et, n'eût été la crainte d'être stigmatisés comme lui par la populace ignorante, on aurait trouvé des hommes qui connaissaient particulièrement Jacques M... et qui auraient pu lui rendre justice. Jacques M... pouvait donc être la brebis sous la peau du loup ? – Impossible, s'écriait le préjugé, c'était un homme sans religion, parce qu'il n'en avait pas au vu et au su de tout le monde ; donc c'était un infâme, etc. Même raisonnement toujours.

Mais voici du fanatisme plus outré :

Jacques M... était veuf. Que supposait et que prônait à haute voix ce fanatisme ? Que Madame M... était morte de chagrin à cause de l'impiété de son mari ; tandis que des personnes mieux informées disaient, mais tout bas, que jamais union n'avait été plus heureuse, plus paisible.

Ce n'est pas tout.

Jacques M... avait une fille nommée Elmire, ange de beauté et de candeur, ce que n'admettait pas le fanatisme, cela se conçoit. En effet, comment admettre qu'un ange pût avoir pour père un démon ? Comment concilier le mérite de la jeune fille avec l'infamie du père ? Tout cela était impossible, dans l'opinion des gens : c'eût été blasphémer que de soutenir le contraire. Le père était un scélérat, la fille devait en tenir : tel père, telle fille, disait-on. *Ergo-glu !*

C'est ainsi qu'un infâme préjugé ternissait ce qu'il y avait assurément de plus pur, de plus angélique, la réputation d'Elmire... Oui, ces prétendus dévots qui ont toujours la prière sur les lèvres et le venin au cœur, ces prétendus dévots avaient fait un monstre de ce qu'il y avait de plus beau, de plus charmant, la jeune Elmire !... Pauvre enfant !... à cette âge de quinze ans, à cet âge des premières émotions, des premiers tressaillements du cœur, où l'on commence à sentir vivement le besoin d'un tendre ami pour épancher ses craintes ou ses espérances, Elmire était donc réduite par la calomnie à vivre seule, isolée ! Elle n'avait au monde que son père.

II

Comme quoi Paul B... était bien un saint homme, aux yeux du vulgaire

C'était un jour d'automne...

Après une longue prière bruyamment récitée en commun, mère Jeanne avait posé à la poutre noircie une grosse lampe de tôle en forme de cuiller qui répandait dans l'appartement, une clarté blafarde, une fumée nauséabonde. Toute la famille avait fait cercle autour de la lampe ; et la conversation, comme un feu roulant alimenté par la médisance et la calomnie, passait en revue toutes les personnes du canton, tous les événements du jour.

La nuit était orageuse : le vent sifflait à travers les fissures du toit et faisait vaciller la lumière de la lampe comme une torche en plein air. Une pluie abondante était poussée par la rafale...

Au plus fort de la conversation, deux coups violents et précipités firent trembler la porte ; et chacun de faire un bond sur son siège...

- Qui ça, fit la vieille Jeanne, d'une voix chevrotante ?

- Des voyageurs. Logez-vous ?

- Des fois... Nous n'avons pas, ajoute la vieille en introduisant les deux étrangers, pour habitude de donner à couvert ; mais par un temps comme celui-là, nous nous considérons obligés de le faire... La Sainte Écriture a dit : « *Frappez et on vous ouvrira* » - Les petites filles, vous coucherez dans le grenier, pour donner votre lit à ces messieurs.

Nos voyageurs ne purent s'empêcher de sourire, entendant cette épithète de petites que donnait la bonne femme à deux grosses paysannes d'un embonpoint des plus robustes.

- Vous êtes de la ville, que je suppose ? demanda mère Jeanne.

- Depuis quinze jours à peu près.

- Ah, vous êtes étrangers ?

- Oui, Madame.

- Vos noms ? s'il vous plaît ; vous allez dire que je suis bien curieuse ; mais il me semble vous avoir déjà vus.

– C'est possible ; nous avons déjà visité la paroisse. Mon nom est Judes... et mon ami se nomme Denis... Nous aurions voulu nous rendre ce soir chez M. Paul B..., mais, voyez ce temps !... Est-ce que nous en sommes bien loin ?

– Mais, chers amis, vous avez passé la maison ; il demeure à six arpents en deçà.

– Alors, nous allons rebrousser chemin de suite.

– À votre goût ; mais il est tout probable que vous le trouverez couché.

– Déjà ? à huit heures ?...

– Oh dam, oui ! je vois bien que vous ne le connaissez pas ; c'est réglé comme dans un cloître chez lui : c'est un saint homme, voyez-vous, que ce M. Paul B... !

– C'est un saint homme, répéta en chœur toute la famille, jusqu'à un petit babouin qui balbutiait à peine !...

– Est-ce que vous n'avez pas entendu parler de lui ? Mais c'est étonnant ! il est connu de tout le monde. Ah, s'il n'est pas sauvé celui-là, nous n'avons pas besoin, nous, de prétendre au paradis !... Savez-vous que la sainte Vierge lui a apparu ?

– Contez donc ça, maman, contez donc ça, dirent les jeunes filles avec le plus vif intérêt.

– Oui, Messieurs, il a vu la sainte Vierge, comme je vous vois là.

– Oh ! oh !...

– Quoi ! C'est une histoire vraie celle-là, par exemple ! On tient ça, nous autres, de la femme à M. Marc, qui est une femme croyable, je suppose... Or, il paraît qu'un jour M. Paul B... priait dans sa chambre avec une dévotion, que c'en était édifiant de le voir ! Tout à coup voilà que le plafond s'entrouvre et qu'il en sort comme une espèce de fumée. En un instant cette fumée disparaît ou plutôt se change en une grande femme tout en blanc et d'une beauté !... oh, mais d'une beauté éblouissante !... Figurez-vous la sainte Vierge enfin !... M. Paul B..., ne pouvant soutenir cette vue, est tombé la face sur le plancher, si bien qu'il porte encore la marque du coup qu'il a attrapé. Alors il paraît que la sainte Vierge lui aurait dit : « Relevez-vous, mon frère. » Et M. Paul s'est relevé en tremblant que ça faisait frayeur de voir ça ! le pauvre homme ! Et pour lors la mère du

Sauveur lui aurait parlé longtemps ; mais on ne sait ce qu'elle lui a dit. Ceci est un secret entre elle et lui... Mais, monsieur, ce miracle-là a fait du bruit dans la paroisse !...

Cette narration, toute ridicule qu'elle soit, ne paraîtra nullement étrange aux personnes bien au fait des mœurs et des habitudes de nos campagnes où la crédulité et la superstition sont parfois poussées jusqu'à leurs dernières limites.

– Mais, maman, fit une des jeunes filles, vous contez pas tout : dites donc à ces messieurs ce qui est arrivé à...

– Oh ! en effet, la petite m'y fait penser... preuve que l'affaire est véritable ! Nous avons dans la paroisse un impie du nom de Jacques M..., un hérétique, un réprouvé, enfin un je ne sais quoi, qui s'est permis de douter de l'authenticité de ce miracle, qui l'a même tourné en ridicule. Savez-vous ce qui lui est arrivé en punition de son impiété !... Il a perdu tous ses animaux en une semaine !...

III

Ce qu'était réellement Paul B...

Tandis que cette bonne femme, interprète fidèle de la grande majorité de la paroisse, faisait si pieusement le panégyrique de Paul B..., voici ce que le brave homme écrivait à un sien ami, vivant en pays étranger :

Cher Marcel,

Je persévère dans mon système d'exploitation ; il réussit à merveille ! ...

Le Canada est vraiment un excellent pays, en ce qu'il est encore tout neuf et partant facile à exploiter. - Quand je dis le Canada, j'entends parler de ses habitants. - Il est neuf sous tous rapports, mais surtout en fait d'idées religieuses !...

Figure-toi que je t'écris maintenant, enveloppé dans une espèce de robe monacale, au pied d'un grand crucifix... J'ai adopté le masque de l'hypocrisie : il a une puissance de fascination extraordinaire ! il me favorise merveilleusement... le succès est vraiment étonnant !... et, si je ne te savais pourvu, je te conseillerais de venir en Canada.

Est dévot qui veut ici, - il est si facile de l'être, vois-tu ! Pas nécessaire de renoncer à ses inclinations, quelque vicieuses qu'elles puissent être ; seulement il faut autant que possible les laisser ignorer... Ce n'est pas Dieu qu'il faut servir, c'est le monde ! - Ce n'est pas Dieu qu'il faut craindre, c'est le préjugé ! En un mot, soyez religieux en apparence... peu importe le reste !...

Combien de véritablement, de sincèrement, de sciemment religieux ?.. Un sur cent peut-être : les quatre-vingt-dix-neuf autres n'obéissent qu'à une routine...

Un mot sur mon genre de vie te mettra plus au fait...

Tu sais d'abord que je ne suis pas homme à renoncer à mes habitudes qui sont loin d'être en harmonie avec une saine morale, encore moins avec la mysticité. Je les ai toutes conservées sans la moindre altération ; néanmoins je suis dévot, ou je passe pour tel, ce qui revient au même ; je suis l'édification de toute la paroisse ; on va même jusqu'à me donner une place parmi les saints du Paradis et Dieu sait si, à mon décès, on ne s'arrachera pas les lambeaux de mon linceul pour en faire des reliques !...

Voici d'où me vient cette réputation... réputation usurpée, s'il en fut jamais une !

En premier lieu j'ai mis, si je puis ainsi m'exprimer, en pratique ce grand proverbe universellement connu et respecté : l'habit fait le moine... Je me suis fait faire une longue jaquette sans taille qui me donne passablement la mine d'un moine. Premier prestige ! - Puis je ne manque aucune cérémonie religieuse, chaque jour je passe plusieurs heures au temple ; etc., etc., - Second prestige ! - Je fuis le contact du monde ; (ce qui ne m'empêche pas de voir des amis) quand la nécessité me met en relation avec le vulgaire, j'affecte dans la conversation une grande inclination pour les choses du ciel, un dédain outré pour les biens de la terre, etc., etc. Troisième prestige !

C'est à peu près là tout mon catéchisme. Avec cela, je jouis de la confiance publique ; c'est tout dire. Je puis faire les cent coups impunément...

Je te citerai un exemple qui te prouvera toute l'efficacité des apparences religieuses.

J'ai un voisin nommé Jacques M... Un parfait honnête homme, dix fois plus catholique, dix fois plus rangé que moi ; malheureusement il ne se montre nullement dévot aux yeux du monde. - Au fond, son seul défaut, c'est d'être bien moins hypocrite que moi. - Et bien, ce malheureux a quasi la réputation d'un démon, ni plus ni moins que cela ! Il a bien du bonheur d'avoir hérité d'un parent, car je suis persuadé qu'il crèverait de faim !...

Il ne faut pas que j'oublie de mentionner un fait qui n'a pas peu contribué à asseoir sur des bases indestructibles ma réputation de saint homme :

Passant pour un saint, il fallait, pour bien faire, m'illustrer davantage par un miracle ! Je pouvais impunément me servir du mensonge ; j'ai donc prétendu que la sainte vierge m'avait apparu. J'ai su choisir mon monde pour en faire la première confidence ; et j'ai bien choisi ; car l'affaire est déjà loin !... Quand ça n'amuserait que les commères, c'est une engeance qu'il faut ménager !

Mon cher Marcel, si jamais le hasard t'amène en Canada et jusque dans la paroisse St..., n'oublie pas de me voir. Bien qu'ermite pour le monde, je n'en suis pas moins, comme toujours, joyeux vivant avec les intimes comme toi.

Ton ami dévoué,

Paul B...

IV

Comme quoi Paul B... dédaignait les choses de ce monde

Ceci se passait le lendemain de l'arrivée de Judes et de Denis chez la mère Jeanne.

La matinée était magnifique ! Un soleil resplendissant avait succédé à la couche épaisse de gros nuages qui, la veille, voilait le ciel ; l'air était doux, tempéré, comme aux plus beaux jours de printemps. Le zéphyr avec sa brise légère et parfumée des derniers baumes de la saison ouvrait indiscrètement les rideaux d'une fenêtre pratiquée dans le pignon de la maison de Jacques M... Une belle jeune fille était langoureusement assise dans l'embrasure de cette fenêtre. C'était Elmire.

À quoi pensait-elle, la pauvre enfant ! Sans doute, de sinistres pensées traversaient son imagination, car parfois un soupir faisait palpiter son sein ; car elle passait la main sur son front comme pour en chasser une douloureuse impression. Et pourtant quelquefois aussi, on eût dit qu'un rayon de félicité dissipait les nuages qui l'assombrissaient, un sourire angélique passait sur ses lèvres ! Quelle était divine dans sa rêverie ! Il nous semble la voir, cette chère enfant avec ses cheveux d'or flottants, ses yeux bleus comme l'azur des cieux !...

Du fond de sa cellule, notre prétendu ermite Paul B... couvait la jeune fille de son œil fauve et éteint : son cœur battait à se briser !... Dans cet être que le vulgaire divinisait, régnait la plus terrible, la plus indomptable des passions... Les charmes d'Elmire avaient allumé dans le cœur de l'hypocrite dévot un brasier inextinguible !... Cet homme qui feignait d'avoir renoncé aux choses du monde, aurait donné toutes les choses du ciel pour un seul regard d'Elmire !... Paul B... aimait Elmire ; non pas d'un pur et chaste amour ; mais de cet amour brutal, bestial qui vit dans les estaminets du plus bas étage, dans les lieux de prostitution les plus avilis ! Parfois, on eût dit qu'il allait d'un bond s'élancer à travers la fenêtre de son bouge pour aller tomber aux pieds d'Elmire !... On eût dit qu'il allait déchirer sa robe, briser son masque, et mettre à nu toute la turpitude de son hypocrisie pour n'écouter que la diabolique passion qui le dévorait... Tant la tentation était terrible !

Et cela se passait pourtant sur la marche d'un prie-Dieu au pied d'un crucifix... en regard d'une cohorte d'images saintes !...

Qu'eussent dit les bonnes femmes d'un pareil contraste ?

Tout à coup on frappa ; Paul B... maudit intérieurement l'importun qui venait ainsi l'arracher à sa contemplation lascive ; puis, par un retour subit sur lui-même, il ferma les volets de sa fenêtre et tomba au pied de son crucifix en marmottant une prière...

Judes et Denis entrèrent. Paul B... leur fit signe de s'asseoir et finit son oraison, après quoi il s'approcha d'eux d'un air béat assez contrefait, vu le peu de temps qu'il avait eu pour se composer et se remettre. Mais sa figure portait encore l'empreinte de certaines émotions de malaise qui ne pouvaient échapper à des yeux quelque peu observateurs ; et, comme nous allons le voir dans l'instant, nos deux jeunes gens avaient tout l'intérêt du monde à observer minutieusement le saint personnage, contre lequel ils étaient d'ailleurs fortement prévenus. De prime abord, ils ne crurent nullement à cette grande dévotion apparente. La véritable piété est plus humble et moins pédante !

- Vous êtes M. Paul B...

- Oui, Messieurs.

- Pardon, si nous vous avons troublé.

- Mais pas du tout, j'achevais mes petites heures, dit-il en posant sur le prie-Dieu un gros volume *octavo,* portant couvert de velours avec glands de soie comme le bréviaire d'un prêtre ambulant.

- Vous menez une vie exemplaire, dit Judes, sur un ton passablement sarcastique.

- J'ai renoncé au monde, Messieurs, dit Paul, avec un soupir de componction qui eût fait envie à un trappiste !

- Je m'explique alors la sainte réputation que vous avez.

Paul baissa la vue en signe d'humilité.

- Et quel ne doit pas être votre supplice, de vivre pour ainsi dire côte à côte avec un si mauvais voisin.

- Le malheureux ! que Dieu ait pitié de son âme !

- C'est dommage ! Il a une si jolie enfant !...

Un frisson involontaire faillit trahir le faux pénitent... mais il ajouta avec une indifférence aussi dédaigneuse qu'hypocrite :

- Hélas ! qu'est-ce que la beauté ? Une fleur qui naît le matin et qui meurt le soir. Ô désirs du siècle, que vous êtes futiles ! Que sont les beautés de ce monde, Messieurs, comparées à celles d'en-Haut !

En disant cela, il élevait ses yeux vers le ciel. Regard blasphématoire ! car son ciel à lui, celui auquel il rêvait jour et nuit, celui pour lequel il eût tout sacrifié, c'était l'azur des yeux limpides de la jeune Elmire !

Était-il possible d'être aussi audacieusement hypocrite !

- Avec votre permission, Monsieur, dit Judes fatigué des doléances du saint homme, nous en viendrons au but de notre visite. Vous avez connu un nommé Bernard ?

- Assez imparfaitement, je vous assure, dit Paul B... avec quelque embarras.

- Vous savez qu'il a demeuré aux États-Unis ; qu'il y a acquis une jolie fortune au moyen de fraudes et d'infimes escroqueries...

- Monsieur, fit Paul B... interrompant brusquement Judes, la charité nous fait un devoir de ne pas juger témérairement les hommes ! Quant à moi, je vous assure que j'avais une tout autre opinion de ce M. Bernard.

- C'est possible ; vous vous trompez, voilà tout ; car il est à la connaissance de tous ceux qui ont vécu dans son temps, que ce Bernard a finalement été obligé de s'enfuir pour échapper aux investigations de la justice. Entre autres dupes qu'il a faites, se trouve une Madame F... Il avait emprunté d'elle une somme de £300 pour laquelle il lui avait donné son billet payable à trois mois. Mais à l'échéance de ces trois mois, il avait laissé le pays.

Judes fixait Paul B... avec un regard d'aigle ; mais celui-ci, avec cette puissance d'hypocrisie, qu'une longue habitude dans le crime donne, conservait une impassibilité inaltérable.

- Je puis vous montrer ce billet, Monsieur, le voici.

Paul B... jeta dessus un regard furtif :

- Je vois bien que c'est un billet promissoire signé « Bernard »... Mais...

- Mais, dit Judes, vous êtes libre de douter de cette signature, c'est votre droit. Notre devoir à nous sera de la prouver, ce sera facile, si vous ne jugez à propos de nous en croire sur parole...

- Et pourquoi cela ?... que voulez-vous dire ?...

- Un instant, il n'y aura plus moyen pour vous d'ignorer... Or, poursuit Judes, cette dame F... était notre mère ; car nous sommes les deux frères : il a plu à Dieu de nous l'enlever : que sa volonté soit faite ! Notre pauvre mère serait morte riche ; mais elle avait le malheur de ne pas assez se défier du monde. Honnête dans toute la force du terme, elle croyait tous les autres comme elle : elle en a été la dupe ; elle est morte pauvre. Ce Bernard... est un de ceux qui ont achevé de la ruiner. Nous avions mis ce billet promissoire au rang des dettes perdues - Bernard était parti et nous ne savions quels nouveaux parages il avait choisis pour y exercer ses odieuses spéculations. - Nous avions donc fait le sacrifice des £300, et Dieu sait que ce sacrifice a été bien pénible ! Nous sommes pauvres, Monsieur, et vous savez tout ce que la pauvreté a de douloureux pour des jeunes gens. Que peut-on sans la fortune ? La fortune, c'est le mobile qui fait agir tous les hommes, c'est le grand pivot sur lequel tourne l'humanité entière ! Rien, absolument rien sans argent ; et tout avec de l'argent. Triste et grande vérité que celle-là !...

- Pauvre monde ! fit Paul B... en élevant les bras au ciel, pauvre humanité ! Et dire qu'il y a là-Haut tant de richesses plus dignes d'envie et auxquelles on ne songe pas !

- La fièvre de l'or, continue Judes, émigrée de cette terre merveilleuse la Californie, commençait à embraser le cœur des nations. Oh ! que de vœux n'avons-nous pas faits vers cette terre promise !... Mais à quoi bon ? Comment s'y rendre sans argent !... Nous avions presque oublié notre rêve de la Californie, lorsqu'un jour, il y a de ça deux mois à peu près, un incident - un hasard assez heureux - fit renaître plus vivaces que jamais nos espérances. J'étais dans un café : tout près de moi, et sans s'inquiéter du tout si je pouvais les entendre, deux individus conversaient sur le ton le plus animé ; et je ne tardai pas à comprendre que Maître Bernard... était le sujet de la conversation. Je compris aussi de suite que les deux individus avaient eu l'honneur de compter parmi les dupes de l'escroc. Il y avait présent un autre personnage d'assez chétive apparence, qui pouvait comme moi tout entendre, mais qui ne paraissait nullement s'en soucier. Je fus donc bien surpris, lorsque ce personnage vint tout à coup à moi et me dit de l'air le plus indifférent du monde :

- Ce Bernard dont ils parlent, eux autres, je l'ai bien connu, moi !

- Oui ; et où est-il à présent ?

- Il est mort.

- Ainsi ces Messieurs que voilà peuvent se consoler !

- Peut-être que oui, peut-être que non...

La réponse était on ne peut plus vague.

- Comment ?

- Il est mort, il a laissé tout ce qu'il avait (et c'était considérable) à un homme...

- À un homme, qui lui ressemble, je suppose !

Je n'eus point de réponse à cela ; mais si j'en juge par les apparences, j'avais tort d'avoir ce soupçon.

En disant cela, Judes fixa résolument Paul B... Celui-ci ne fit pas semblant d'avoir compris : il était toujours impassible.

Judes continua :

- Vous concevez que j'étais des plus intéressés à connaître le nom de l'héritier ou du légataire universel de Bernard... Si ce légataire était honnête et consciencieux, comme je n'en doute pas aujourd'hui, toujours à en juger d'après les apparences, il devait nécessairement se faire un scrupule de jouir d'un bien mal acquis ! et un devoir de le restituer. Je pouvais donc espérer (je l'espère plus que jamais aujourd'hui) le recouvrement des £300 de ma mère.

- Ainsi demandai-je à mon inconnu, vous connaissez le légataire de Bernard ?

- Il demeure aujourd'hui en Canada, près de Montréal : il se nomme Paul B...

Le saint homme, comme s'il ne se fût pas attendu à un tel dénouement, se tordit sur son siège, puis se levant précipitamment, il dit avec quelque humeur :

- Était-ce à cela que vous vouliez en venir ?

– Tout juste, fit Judes sans sourciller ; mais attendez, il faut que je vous rapporte toutes les paroles de cet inconnu :

– Êtes-vous bien sûr de cela, lui dis-je ?

– J'en suis sûr... Et tenez, a-t-il ajouté avec une certaine satisfaction maligne, je connais bien d'autres choses encore.

En disant cela, il me laissa brusquement. Je ne l'ai pas revu depuis.

Ces mots « *Je connais bien d'autres choses encore* » firent quelque impression sur Paul B... il fronça les sourcils ; mais ce fut si rapide, que Judes n'eut pas le temps de s'en apercevoir.

– Nous aurions pu, mon cher Monsieur, dit Paul B... d'un air qui frisait l'ironie, en finir plus tôt. L'affaire est toute simple : on vous a trompé : voilà la vérité pure et entière. S'il est vrai que Bernard... ait laissé des biens considérables – chose dont je doute fort – il est entièrement faux que je sois la seule personne qui en ait hérité ; car le seul legs qui m'a été fait, c'est une modique somme de £150. Et, Dieu m'entende, ajoute Paul B... en élevant les yeux au ciel, je n'ai pas touché une obole de cette somme – je l'ai consacrée aux bonnes œuvres !

En ce disant Paul B... se leva précipitamment... Le tintement de la cloche appelait les fidèles à une cérémonie religieuse.

– Messieurs, dit-il, en prenant son gros bréviaire ; le salut avant toutes choses ! À quoi sert de gagner les biens de la terre, si l'on perd son âme ? Je vous prie donc de m'excuser...

Et il ouvrit la porte toute grande. C'était donner congé à Judes et à son frère, d'une manière assez peu courtoise ; mais très explicite.

V

Elmire et Judes... amour

Comme Judes et son frère sortaient de chez Paul B..., Elmire d'un pas de gazelle traversait le parterre séparant la maison de son père de la voie publique. Il y eut entre elle et Judes un regard de flamme échangé - comme un courant magnétique qui fit battre à la fois leurs cœurs - Première étincelle d'amour, rapide et piquante, comme l'étincelle électrique !

Paul B..., l'œil braqué dans sa fenêtre, avait aperçu ce trait de feu, parti des yeux du couple heureux... Paul B... était déjà jaloux, mais de cette jalousie outrée qui peut se porter aux plus grands excès !...

Elmire cherchait à se rendre compte d'une nouvelle sensation qu'elle venait d'éprouver pour la première fois, sensation brûlante qui pénétrait dans toutes ses veines !... Que ce regard de Judes l'avait étrangement impressionnée ! que ce regard lui avait fait du bien !... Arrivée sur le seuil de l'Église, elle détourna la tête, vit Judes et ce fut encore le même regard ! Elle sentit battre violemment son cœur... Elmire aimait, mais sans se rendre compte de cette première émotion d'amour !...

Elle entra dans l'Église et se mit à genoux, près du bénitier.

Judes vint s'agenouiller près d'elle.

Paul B... entra à son tour et se plaça dans la nef, de manière à pouvoir épier jusqu'au moindre de leurs regards. Étrange dévot ! qui choisissait le temple, et le moment d'une cérémonie religieuse pour exercer plus impunément le plus coupable espionnage !

Après la cérémonie, Judes, en sortant de l'Église, glissa dans les mains de la jeune fille un petit papier sur lequel étaient crayonnés ces mots : « Voulez-vous m'aimer ? »

Elmire baissa la vue ; Judes s'aperçut qu'elle essuyait une larme. Puis elle murmura en frissonnant : Mon Dieu, nous a-t-il vus ?

- Que dites-vous, Elmire ?

- Nous a-t-il vus, répéta-t-elle ?

- Qui !

– M. Paul B...

– Et quand il nous aurait vus ?

– Oh ! nous l'aurions bien scandalisé, c'est un saint homme !

– Lui saint ! quand il passe tout le temps de la messe à espionner les autres, au lieu d'avoir la vue dans ce gros livre qu'il porte sans doute pour en imposer ! vous l'avez vu, il n'a pas cessé de nous épier.

– Chut ! ne dites pas cela ; prenez garde surtout qu'on ne vous entende ; et laissez-moi seule, je vous prie.

– Pourquoi ?

– Le monde ! le monde !...

– Je vous connais, Elmire ; que me fait le monde ? Je vous aime ! Souffrez donc qu'il y ait dans ce monde méchant et fanatique qui vous méprise, souffrez donc qu'il y ait au moins un homme moins aveugle qui sache vous apprécier... Quand je vous connus il y a deux ans, Elmire, je vous aimai, mais j'eus honte de vous l'avouer. Je me suis repenti de cette faiblesse et je la répare aujourd'hui. Avez-vous lu le petit papier...

– Judes, vous savez ce que dit l'opinion publique, vous la braverez donc ?

– Je braverai tout pour vous. Et que m'importent à moi les odieuses calomnies du fanatisme ? Ce que je regrette, c'est que vous soyez, vous, ange de candeur et de piété, le point de mire de ces calomnies !

– Ah Judes, je suis habituée maintenant à cette vie de déboires, je suis résignée. Heureusement qu'il y a là-Haut un Juge qui ne pense pas comme le monde qui m'entoure ; c'est en lui qu'est toute mon espérance.

– Et sur la terre ? personne... ? fit Judes en pressant la main veloutée de la jeune fille.

– Jusqu'ici, dit Elmire avec un soupir douloureux, je n'ai eu personne en qui je pus espérer.

– Mais aujourd'hui ?

La belle enfant leva sur Judes ses yeux pleins d'une douce et expressive mélancolie... il y avait un tendre aveu dans ce regard angélique !

En ce moment Paul B... passa si près, que sa redingote frôla la robe-mérinos de la jeune fille qui fit un pas en arrière avec un air moitié superstitieux, moitié craintif.

– Elmire, dit Judes, la vue de cet homme me cause de pénibles et révoltantes impressions : je sens pour lui une aversion invincible ; je le hais, oui je le hais, parce que plus je vais, plus je crois que c'est un de ces misérables revêtus de la livrée religieuse qui exploitent les préjugés populaires.

– Ah ! fi, Judes, dit Elmire, avec une pieuse indignation.

– Que voulez-vous ?...

– Si vous aviez le malheur de répéter cela ici, on vous lapiderait.

– Cela ne prouverait pas grand-chose...

– Chut. Nous arrivons, Judes : et il vaut mieux que M. Paul B... ne nous voie pas arriver ensemble. Laissez-moi seule.

– Mais, vous ne m'avez pas répondu.

– À quoi, dit Elmire avec candeur, à quoi, Judes ?

– Au petit papier...

– Nous verrons cet après-midi ; venez, mon père sera flatté de vous saluer. À tantôt, Judes.

– Adieu, cher ange, n'oubliez pas le petit papier.

Elmire s'éloigna en le montrant, comme si elle eût voulu dire : « Comment voulez-vous que je l'oublie ! »

VI

Commencement de la vengeance divine

Paul B... n'était pas entré ; sur le seuil de sa porte, il attendait la jeune fille pour retremper dans un de ses regards son infernale passion. Il la revit plus belle que jamais ; cette fois l'amour naissant avait coloré ses joues d'un bel incarnat, et allumé sous son beau cil noir un nouveau feu qui pénétra jusque dans l'âme du faux ermite. Il y avait sur tous les traits de la jeune fille, dans sa marche et surtout dans ce demi-sourire qui effleurait ses lèvres, une espèce de douce volupté qui eût pénétré le cilice d'un trappiste.

Paul B... frémissait de convoitise, si cela peut se dire. Deux passions frénétiques bourrelaient son cœur : la concupiscence et la jalousie. Il aimait Elmire ; et s'était aperçu qu'un autre l'adorait et, plus heureux que lui, pouvait faire l'aveu de son amour. Mais lui, comment pouvait-il faire le même aveu, dans sa position ? Le malheureux ! dans sa rage, il allait jusqu'à blasphémer contre le Christ qu'il portait sur sa poitrine...

Cependant un éclair sinistre parut sous sa paupière : une idée diabolique venait de traverser son esprit, il s'approcha d'un pupitre et écrivit :

Cher Marcel,

C'est la première fois qu'il m'arrive de maudire la position que je me suis faite par la plus insigne hypocrisie : elle vient de me faire passer un jour d'enfer. Il faut l'avouer, je suis surpris que Dieu ait été aussi patient et ne m'ait puni plus tôt. Mais le supplice pour avoir été retardé, n'en a été que plus affreux. À l'heure où je t'écris, je souffre le martyre !

D'abord, ce matin, j'ai reçu la visite de deux marauds dont Bernard, notre complice, a ruiné la mère, Mme F... Tu connais le fait. - On les a adressés à moi, comme étant le même Paul B... qui a hérité des biens de Bernard. Je ne sais qui a pu leur donner ces informations, toujours qu'elles sont correctes. Ne serait-ce pas par exemple ce damné Thom qui serait ressuscité ? Mais non, c'est folie d'y penser ; il n'en reviendra jamais, le pauvre Thom. Certaines paroles de l'informateur m'ont frappé. « Je connais bien d'autres choses encore », aurait-il dit aux deux F... ; cela m'inquiète.

L'attirail religieux dont je me suis environné a momentanément contrarié mes jeunes gens : mais par malheur le doute n'a pas été long, car l'un deux a fait l'histoire du passé de Bernard... avec une imperturbabilité qui m'accablait, avec une exactitude qui me foudroyait, et ce, en me toisant avec un regard puissant pour juger à ma figure. Le diable m'a bien prêté son masque, il est vrai ; j'ai conservé jusqu'au bout un flegme inaltérable ; j'ai nié le legs universel de Bernard, mais je ne crois pas que cela ait suffi pour abuser mes espèces d'inquisiteurs. S'ils allaient revenir à la charge avec cet être maudit qui les a si bien renseignés : si cet être n'a pas menti en disant : « Je connais bien d'autres choses encore... », tout sera donc dévoilé ! Oh, cette pensée me brûle comme un fer rouge !

Et pourtant, c'est la moindre de mes tortures !...

Il y a tout près de moi, si près, si près, qu'en allongeant le bras, je pourrais l'étreindre, un ange qui, je crois, est descendu du ciel pour me donner une idée des félicités que je regretterai d'avoir perdues en enfer ! Il n'y a pas de moyen matériel pour ployer cette petite : c'est un ange de beauté, mais c'est aussi un ange de piété. Ce n'est qu'avec le sentiment qu'on pourrait la gagner... et, dans ma position, avec cette réputation de sainteté qu'on m'a bêtement donnée, comment faire du sentiment avec cette voisine ? Impossible.

Et pourtant ce n'est pas encore la plus terrible de mes tortures !

Je suis jaloux... Un autre aime cette jeune fille, et il en est aimé, je le sais, j'en suis persuadé. Et devine quel est mon rival ? Juste un des fils de notre victime, Mme F..., qui bientôt peut-être déchirera le voile qui me couvre et me livrera à l'anathème public !...

Que faire ? À qui m'adresser ? Ce ne sera pas à Dieu auquel je n'ai jamais pensé, à Dieu dont je me suis servi pour pallier mes iniquités !

Qui pouvais-je donc implorer ? Ceux que j'avais le mieux servis : Satan d'abord, toi ensuite. Le premier est venu de suite à mon secours, en me suggérant le plan : toi, tu m'aideras à le mettre à exécution.

Et voici ce plan : aujourd'hui, qu'il est trouvé, je le trouve tout simple :

Les fils de Mme F..., en réclamant le montant du billet que Bernard lui devait, désirent s'en servir pour aller en Californie. En partant, ils me délivrent de deux ennemis dangereux, parce que, vois-tu, je pourrai conserver impunément mon masque, et je n'aurai plus de rival. Tu conçois que ce serait une excellente affaire ! Je vais donc me décider à leur avancer *bonoe voluntatis* les £300. Je dis avancer ; car nous pourrons les recouvrer, si tu le veux. Nos deux jeunes gens passeront par les États-Unis : je ferai en sorte qu'ils prennent cette route. Tu as des filous à ta disposition ; avec l'habileté qu'ils ont, une bourse a bientôt sauté d'une poche à l'autre. Ceci est intelligible, je suppose, suffit. Le coup fait, il te revient de droit la moitié de la somme.

Et compte sur ma reconnaissance.

Paul B...

II
CORRESPONDANCES (TROIS MOIS PLUS TARD)

I

Judes à Samuel

Quand tu ouvriras cette lettre, mon cher Samuel, je serai déjà loin ; et Dieu sait quel sera le terme de mon triste voyage !... Je t'en informerai à temps.

Il y a dans la vie, n'est-ce pas, de bien terribles événements, des événements d'autant plus terribles qu'ils viennent vous frapper comme la foudre, au milieu de vos plus chères espérances, de vos riantes perspectives ! Tu sais, cher ami, combien j'avais foi dans l'avenir ; de quels doux rêves je me berçais. Déjà avec une bonne part des faveurs publiques, bien qu'au début de ma carrière, généralement estimé, n'ayant pas d'ennemis à redouter, entouré de bons et véritables amis comme toi, aimé d'un ange comme Elmire dont les tendres sollicitudes, des doux épanchements répandaient un charme indicible sur mon existence et dont j'étais à peu près certain de posséder le cœur plus tard..., qu'avais-je besoin de plus dans la vie ? Rien : mon bonheur était, ce semble, aussi parfait qu'il ne peut l'être dans ce monde : et c'est aujourd'hui qu'il m'est ravi, que je peux mieux l'apprécier...

Dis-moi quel démon a pu se rendre si subitement maître de mon pauvre frère, lui toujours si honnête, si sage, si peu ambitieux ? Tu l'avoueras, Samuel, il y a là un mystère qui, j'espère, se dévoilera plus tard... Malheureux frère ! il ne pensait donc pas qu'en se perdant, il me perdait avec lui ; que le stigmate qu'il imprimait à son front allait flétrir le mien aussi ? - Triste et cruel préjugé qui veut que toute une famille soit solidaire de la flétrissure d'un de ses membres ! - Mon Dieu ! s'il y eût pensé, cela seul l'eût retenu sur la pente du crime et il n'eût pas glissé. Car il était bon frère : tu sais combien il m'aimait ! combien il cherchait mes intérêts ! avec quelle ardeur, avec quelle sollicitude il y veillait ! Encore une fois, il y a quelque chose que je ne puis m'expliquer.

Je me prends souvent à douter fortement de sa culpabilité bien que les présomptions soient hélas ! malheureusement, très fortes contre lui ! Dans tous les cas il y a une chose que je ne pourrai jamais croire, mon cœur s'y refusera toujours : c'est que Denis se soit rendu coupable de propos délibéré, librement, sans contrainte et de sang-froid. Non, il faut que quelque force visible ou invisible l'ait entraîné dans l'abîme. Mais il n'en est pas moins vrai que la société ne lui tiendra compte que de son crime : on jettera un voile bien épais sur sa conduite antérieure, toute honorable qu'elle a été : la société le rejettera, le pauvre enfant, loin de son sein, comme un être à jamais déshonoré. Et, par contrecoup, sa honte rejaillira sur moi ; je serai moi aussi le point de mire de tout le monde : je serai l'objet d'une curiosité impudente, dédaigneuse ; et qui sait si la calomnie ne me fera pas un sort plus triste encore. En face de ces probabilités, je n'ai pas hésité à dire un éternel adieu peut-être à mon pays, et pourtant, tu sais quelles affections j'y laisse !...

Je ne te dirai pas, cher Samuel, les angoisses qui m'ont serré le cœur, lorsque j'ai laissé le seuil paternel ; je ne te dirai pas ce que j'ai éprouvé de poignants regrets lorsque, passant devant la maison de M. Jacques M..., il m'a fallu jeter un dernier regard à cette fenêtre où, Elmire et moi, nous avons si souvent vidé à longs traits la coupe du bonheur... Je me suis arrêté quelques instants... j'aurais voulu la revoir une dernière fois avant de partir pour l'exil... Peut-être hélas, aurait-elle eu honte de me regarder, peut-être obéit-elle, aussi elle, à l'influence du préjugé... Tu me le diras, Samuel ; j'espère que tu me mettras au courant de tout ce qui me concerne. Hélas ! je n'ai plus de consolations à attendre que celles que tu m'écriras. Écris-moi, écris-moi souvent, si tu veux prolonger ma vie. Chaque mot au sujet d'Elmire, me vaudra un jour de plus...

Tu auras probablement occasion de voir Elmire prochainement : dis-lui que je suis parti avec mon amour qui me suivra jusqu'au cercueil. Elle comprendra que je devais me soustraire à la honte de mon frère. Puisse-t-elle me plaindre, si elle ne peut plus m'aimer !

Va trouver mon pauvre frère, console-le dans sa prison ; dis-lui que son frère n'a pas eu le courage d'aller le serrer dans ses bras avant de partir ; mais que son frère l'aime toujours, qu'il ne lui en veut pas, malgré le malheur qu'il aurait à lui reprocher...

Donne-moi tous les détails que tu pourras recueillir relativement au crime de Denis : dis-moi quelle impression il a faite sur le public ; ne me cache rien, Samuel ; je pressens tout ce que tu vas me dire ; je suis résigné à tout recevoir.

Je ne t'ai pas vu avant de partir : je n'ai pas osé voir personne... J'avais honte ! Pardonne-moi... Adieu, Adieu.

Judes

II

Judes à Samuel

Cher ami,

Pauvre fugitif, proscrit par le plus cruel des préjugés, je viens de planter ma tente ; et le premier moment disponible, je te le consacre. Je suis arrêté dans la ville de... L'adopterai-je comme ma nouvelle patrie ? ou n'y ferai-je qu'une halte ? Que sais-je ? Dans tous les cas je m'y reposerai quelque temps, assez longtemps j'espère, pour y recevoir de toi quelques nouvelles du Canada et des intérêts que j'y ai laissés. Écris-moi au nom de l'amitié qui nous lie, écris-moi, j'ai besoin de quelques lignes : elles allégeront le poids qui affaisse mon cœur, elles me feront respirer plus librement : elles raviveront quelque peu ma vie qui s'éteint.

Il y a aujourd'hui, mon cher Samuel, des cent lieues qui nous séparent : il me semble que cette épouvantable distance existe depuis un siècle ! cette pensée m'obsède jour et nuit ; cette pensée me tuera ! Chaque nuit des songes agréables qui me reportent au centre de mon bonheur passé, en Canada ; et chaque matin un triste réveil qui dissipe tous ces songes et me ramène impitoyablement à la plus sombre des réalités !... Après tout, il faut bien me résigner aujourd'hui à faire cette amère réflexion : c'est que la félicité humaine n'est qu'une ombre que le moindre souffle dissipe. Quelques réflexions philosophiques comme celle-là ont l'effet d'amortir passagèrement le feu de mes douleurs ; mais la nature ne tarde pas à faire décamper la philosophie, voilà le malheur !...

Puis Elmire ? Toujours elle ! oui toujours ! Instabilité des choses humaines ! une fois je me suis trouvé heureux de l'aimer ; aujourd'hui peut-être serais-je moins malheureux, si je ne l'avais jamais connue !... Mais, hâte-toi de me le dire : comment est-elle ? Et à mon sujet, que t'a dit son regard ? l'as-tu interrogée ? Parle, parle donc... Mais non, ne parle pas, j'ai peur de ce que tu vas me dire... C'est égal, parle, je le veux ; que ce soit pour ou contre moi...

Et mon pauvre frère ? Après Elmire, c'est lui qui m'inquiète le plus ; c'est de lui que j'attends des nouvelles avec le plus d'empressement...

Ma nouvelle patrie, si toutefois je l'adopte, serait assez agréable pour qui aurait le cœur accessible à d'autres sensations que la douleur ; mais moi, je ne puis plus que souffrir : la souffrance me suit partout.

J'ai rencontré hier notre ancien et bon ami Jérémie : il est bien portant et paraît prospérer.

Adieu.

Judes

III

Elmire à Mme...

Chère tante,

Cette nouvelle ne vous apprendra rien - la nouvelle du malheur qui vient de me frapper a déjà franchi, il n'y a pas de doute, les quelques lieues de distance qui nous séparent. Hélas ! les mauvaises nouvelles vont plus vite que les bonnes !... Depuis quelques jours, ma chère tante, je ne sors plus de ma chambre que pour aller faire semblant de prendre mes repas. C'est que je ne vis aujourd'hui que pour pleurer ; et je pleure sans cesse. Si je voyais devant moi toutes les larmes que j'ai versées, peut-être frémirais-je !... Aussi je ne sache pas, que jamais, personne ait éprouvé un aussi épouvantable revers ; je ne sache pas que personne ait passé si brusquement de la félicité au malheur... Est-il possible que j'aie mérité un aussi triste sort ? Je me fais souvent cette question ; et dans ma douleur, j'irais parfois jusqu'à douter de la Providence, si la foi ne me soutenait.

Vous savez combien j'étais heureuse ; j'aimais tant Judes ! il m'aimait tant lui-même ! Et mon père qui dans le principe avait vu notre amour et nos liaisons d'un mauvais œil, mon père ! grâce à mes instances, était bien revenu au sujet de Judes. Il le voyait si noble, si loyal, si actif, si laborieux, qu'il ne lui faisait plus un crime de sa pauvreté. Il commençait même à le voir chez nous avec une certaine complaisance, et sans aucun doute, il aurait fini par consentir à notre alliance. Alors, ma chère tante, notre bonheur eût été parfait ! Malheureusement Dieu en a décidé autrement.

Vous savez le crime du malheureux frère de Judes ! Cet événement a réveillé dans le cœur de mon père l'espèce de mépris qu'il avait manifesté pour Judes au premier abord ; cet événement a brisé toutes nos espérances, tout notre avenir. Je n'ai pas besoin de vous dire que la porte de la maison est pour toujours fermée à Judes, qu'il revienne ou non dans le pays, et que je suis condamnée à gémir dans la solitude ; et cela, quand on y pense, par suite d'un malheureux événement sur lequel nous n'avons eu aucun contrôle. Pourquoi faut-il que nous soyons obligés d'expier le crime d'un autre ! Il est impossible que Dieu puisse sanctionner une pareille injustice ! Mais entre Dieu et le monde, il y a un abîme.

L'emprisonnement de Denis a causé une sensation extraordinaire. Ce pauvre jeune homme jouissait à juste titre d'une réputation à l'abri de tout soupçon. Peu de jeunes gens à son âge ont mené une vie plus paisible, plus régulière. On ne lui a jamais vu faire de dépenses frivoles ; il n'avait pas d'ambition ; on lui reprochait même de l'insouciance. Il avait l'air de ne pas se soucier du monde. Naturellement morose, il ne recherchait aucuns plaisirs, semblait même les fuir. Il n'avait pas d'amis. Enfin chacun se met inutilement l'esprit à la torture pour deviner le motif qui l'a porté au crime... Pauvre Denis !

Et Judes !... Mon Dieu, je ne puis y penser sans frémir ; j'ai peur qu'il ne se livre à quelque acte de désespoir, à chaque instant, je crains d'apprendre encore quelque affreuse nouvelle !

Ah ! ma chère tante, je souffre horriblement. Ce qu'il y a de plus pénible, c'est que je suis forcée d'enfermer ma souffrance dans mon cœur. Et le moyen de cacher une douleur comme la mienne ? C'est impossible. Alors mon père me gourmande, ou m'accable de sarcasmes. Hier, il me dit qu'il fallait absolument que je change de conduite. Il traite mes peines de « folies de jeune fille ». N'est-ce pas qu'il est bien sévère, mon père ! Heureusement que j'ai la consolation d'en-Haut ! Mais il me semble que, pour respirer plus librement, j'aurais besoin d'un cœur dans lequel je pus m'épancher. Vous viendrez, n'est-ce pas, ma tante, vous viendrez partager durant quelques jours ma triste solitude ; vous ferez pour une nièce qui vous aime le sacrifice de quelques journées. Venez, je vous en prie, je vous ouvrirai mon cœur et vous y verserez gouttes de ce baume de consolation qui soulage tant. Dites-moi que vous viendrez bientôt.

Votre nièce bien malheureuse,

Elmire

IV

Jérémie à Samuel

Cher ami,

Il y a bientôt cinq ans que j'ai laissé le Canada ; et durant cet intervalle, pas un mot n'a été échangé entre nous. Quand je pense à l'étroite et sincère amitié qui nous liait, aux preuves de profonde affection que tu m'as données en plus d'une circonstance, je m'en veux de ne pas avoir rompu le silence avant ce jour. J'ai commis, sans le vouloir, un gros péché d'infidélité, je dirais même d'ingratitude - sans le vouloir, - car assurément, s'il est un péché qui répugne à mon cœur, c'est celui-là. Il ne faut pas que tu croies pour cela, mon cher ami, que la distance qui nous sépare aujourd'hui ait éteint l'amitié dans mon cœur ; non, cette amitié est aussi profonde, aussi vivace que jamais. Et elle ne saurait s'éteindre. Dans ma nouvelle patrie, je me plais à me rappeler souvent les beaux jours que nous avons passés en Canada.

Une lettre de ma part sera sans doute une grande nouveauté pour toi ? c'est qu'aussi j'ai une grande nouveauté à t'apprendre. Avant-hier soir, j'étais sorti pour prendre l'exercice : c'était une soirée poétique : ciel d'azur, brise aromatique, un clair de lune splendide, etc. Et pour compléter le charme, voilà que tout à coup j'entendis comme une lointaine harmonie. En vrai *dilettanti* que j'ai toujours été, je me mis à la recherche et je ne tardai pas à trouver mon fait. C'était la voix d'une jeune fille, accompagnée du piano. Oh, une voix ! une voix à me rendre fou de bonheur ! un timbre d'une suavité, d'une pureté inexprimable ? une voix du ciel enfin ! Parole d'honneur, je te l'avoue franchement, malgré l'aversion que j'ai vouée à la femme - tu sais pourquoi - il me semble que j'aurais donné ma vie pour cette chanteuse. Je l'aurais mariée, rien que pour le plaisir de la faire chanter jour et nuit. J'allais tomber dans l'extase, lorsque je m'aperçus que c'était dangereux, attendu qu'un malheureux voisin, que je n'avais pas aperçu d'abord, était presque en syncope. Il faisait pitié à voir : il était ivre, fou d'admiration. Fou de la voix d'abord, et peut-être fou de la personne ! sans aucun doute ce devait être un amoureux malheureux. La mélodie ayant cessé, je vis le jeune homme qui pleurait. J'approchai en feignant une parfaite indifférence. Je l'examinai du coin de l'œil et je trouvai une ressemblance avec un quelqu'un que j'avais connu. J'approchai de plus près ; la ressemblance devenait de plus en plus frappante - Mais pour Dieu ! me dis-je, ça ressemble à Judes comme deux gouttes d'eau. - Je me hasardai à lui adresser la parole : - Quelle magnifique voix, n'est-ce pas ? - Superbe, répondit-il. - C'était bien aussi la voix de Judes. - Enfin je ne pouvais plus douter : - Est-ce toi, Judes ? - Jérémie, s'écria-t-il, en se jetant dans mes bras.

J'éprouvai une indicible sensation de bonheur en serrant dans mes bras ce vieil ami du Canada. Tu ne saurais croire, mon cher Samuel, quel plaisir c'est pour celui qui s'est expatrié, lorsqu'après quelques années de séparation, il peut rencontrer un ami d'enfance...

J'ai retrouvé Judes le même, physiquement parlant. Mais, bon Dieu ! que lui avez-vous donc fait pour le rendre si mélancolique ? Il vit ici en véritable misanthrope, dans une parfaite solitude : il fuit le contact des hommes, le mien même. Il a une physionomie à faire peur - toujours un sérieux de glace... il faut lui arracher les paroles, encore n'a-t-on le plus souvent qu'un oui ou un non. - Qu'as-tu donc, Judes, lui demandai-je ? - Hélas ! je suis bien malheureux ! - Voilà tout ce que j'ai pu savoir.

Je lui ai demandé pourquoi il pleurait l'autre soir ! Il me répondit : - Cette voix de femme réveillait dans mon cœur de douloureux souvenirs. - Je ne voulus pas en savoir davantage, ni pousser plus loin l'indiscrétion ; d'ailleurs j'avais deviné. Gageons qu'il a laissé des amours en Canada ? Le fou ! prendre tant de chagrin pour une fillette qui peut-être rit de lui à l'heure qu'il est... Écris-moi donc là-dessus. Je suis en parfaite santé et je fais d'assez bonnes affaires. Le fait est qu'il faut laisser le Canada pour bien gagner sa vie. Le Canada n'est un beau pays que pour celui qui n'a qu'à dépenser. Salut.

Jérémie

V

Samuel à Judes

Cher ami,

J'ai su les deux malheureuses nouvelles à la fois : l'arrestation de ton pauvre frère, et ton départ. C'était trop pour mon cœur : il a failli se briser ! tu sais que j'étais à la campagne depuis plusieurs jours ; quand je suis revenu, tout était accompli ! ton frère emprisonné, toi dans l'exil ! C'est de la bouche de ma mère que j'ai appris le triste sort que ton frère s'est fait : ce fut pour ainsi dire le premier bonjour qu'elle m'adressa ; on n'est jamais aussi empressé, tu sais, que lorsqu'on a une nouvelle à apprendre ; et j'ai remarqué que l'empressement est plus vif, lorsque la nouvelle est mauvaise. Singulier empressement que celui-là ! Et Judes, demandai-je ? – Ma mère ne savait pas ton départ. Rien de plus pressé, tu le conçois, de courir à ta maison de pension ; je trouvai ta chambre déserte – Parti, me dit l'hôtesse – Je n'avais pas besoin de cette triste information : j'avais tout deviné...

Ton départ, mon cher Judes, a laissé dans mon existence un vide que nul autre ne pourra remplir. Depuis que tu es parti, il me semble que je ne vis qu'à demi. Cela s'explique de suite pour quiconque sait quelle intimité existait entre nous. Deux amis qui se trouvent si brusquement séparés, c'est comme un corps qui se trouve tout à coup privé de l'un de ses bras : La comparaison, si elle n'est pas exacte, exprime suffisamment ma pensée.

Je comprends parfaitement, mon cher Judes, toute l'atrocité du sacrifice qu'il t'a fallu faire – sacrifice de ta patrie, de ta famille, d'une amante adorable et adorée – et, je puis le dire sans présomption, sacrifice de bons amis !... Je ne veux pas discuter les motifs qui te l'ont fait faire, je sais qu'ils sont honorables et nobles...

Tu me demandes quelle impression l'arrestation de ton frère a faite sur le public. Je suis heureux de te dire que le public partage ton opinion et la mienne ; savoir que Denis a été victime de quelques misérables – que le public par conséquent lui accorde, ce qu'on accorde d'ordinaire à une victime : de la pitié, de la commisération. J'ai longtemps hésité avant d'aller le voir dans sa prison : l'idée seule d'une semblable entrevue me brisait le cœur ; mais enfin j'ai vaincu cette faiblesse. Je l'ai trouvé sur son grabat, pâle et souffrant. Sitôt qu'il m'a aperçu, il s'est levé et jeté dans mes bras en versant un torrent de larmes. Je ne pus retenir les miennes. Nous demeurâmes pendant quelques minutes étreints dans une muette douleur. Denis eut plus de force que moi : ce fut lui qui rompit le silence : - Il ne vous a pas répugné, Samuel, de me visiter en prison ?... - Pas du tout, pauvre Denis. - De visiter un malheureux flétri par une odieuse accusation de vol ? - Ne dites pas flétri ; l'accusation tombant à plat, la flétrissure ne saurait exister. - Et vous croyez que l'accusation n'est pas fondée ? - J'en suis certain. - vous avez raison de l'être : Dieu est témoin, je suis parfaitement innocent. Cependant, Samuel, je ne pourrai jamais revenir du coup qu'on m'a porté, ce coup a été mortel : il n'y a pas de guérison possible. - Que voulez-vous dire ? - Que j'en mourrai : je me sens mourir. - Pourquoi vous arrêter à d'aussi sombres pensées, Denis ? Vous ne mourrez pas ; vous vivrez comme vous avez toujours vécu, avec l'estime de vos amis et du public. - Je ne crois pas cela ; je suis innocent, c'est vrai ; mais les apparences, mais les présomptions sont trop fortes contre moi ; elles me condamneront malgré mon innocence. Telle est la justice humaine ! Que d'innocents n'a-t-elle pas flétris sur des apparences spécieuses ? Vous savez, n'est-ce pas, Samuel, la malheureuse histoire du crime dont on m'accuse ? - Assez imparfaitement. - Et bien, écoutez, je vais vous dire toute la vérité, rien que la vérité, comme je l'ai dite hier au bon prêtre qui est venu m'apporter les consolations de la religion, les seules qui m'aideront à passer les quelques jours qui me restent à vivre... C'était le dimanche. Tout à coup un homme d'assez respectable mine m'apostrophe dans la rue : - Vous avez, me dit-il, un frère qui fait commerce dans la paroisse St... - Oui. - J'aurais à vous communiquer quelque chose de fort intéressant pour lui : voulez-vous entrer ici, nous en causerons. - C'était un hôtel de bas étage : j'ai toujours eu de la répugnance pour ces maisons ; mais il s'agissait des intérêts de mon frère, je n'hésitai pas. Il y avait beaucoup de monde dans la *barre ;* et il n'y avait pas de chambre où nous pûmes nous mettre à l'écart. En entrant, mon compagnon parut être en pays de connaissance, car il serra la main à une couple d'individus avec lesquels il vida quelques verres. Il me fit la politesse de m'inviter à ces libations ; mais vous savez que ce n'est pas dans mes habitudes. J'éprouvais un malaise extraordinaire au milieu de ces personnages inconnus, buvant, chantant, tapageant. C'est comme si j'avais eu un pressentiment du malheur qui allait m'arriver. Et pourtant il n'était guère possible de pressentir un pareil malheur ; j'allais me lasser d'attendre mon individu, et prendre la porte, lorsqu'il vint à moi, se confondit en excuses, et m'entraîna dans un angle de l'appartement. Nous étions assis depuis dix minutes environ, causant sur les affaires commerciales de mon frère, lorsque tout à coup nous entendîmes un des habitués de l'auberge s'écrier : Maître Thomé, on m'a filouté ma bourse et je prétends que tu me la retrouves, entends-tu, où il y aura du *branle-bas*. – Maître Thomé sentit sa dignité d'hôte révoltée : – Tu sauras, mon gros, dit-il avec emphase, qu'il n'y a que des honnêtes gens qui entrent ici : Si tu n'as plus de bourse, c'est que tu n'en avais pas, lorsque tu es entré. Dieu te confonde, vilaine langue ! – Ah je n'en avais pas ? Et bien, nous allons voir ça. – Toute la compagnie, comme de juste, se trouva blessée du soupçon qu'on venait de faire planer sur elle ; et allait se faire justice par elle-même sur l'accusateur, lorsque celui-ci se levant d'un air grave, de toute la hauteur de ses six pieds : – Pardon, Messieurs, dit-il, j'ai eu tort de vous inculper tous indistinctement ; mais je n'ai certes pas eu tort de dire que ma bourse a été volée dans cette enceinte ; la preuve c'est que j'ai découvert le voleur. – Tous, comme vous pouvez le penser, s'entre-regardèrent avec stupéfaction. – Ah ça, mon ami, poursuivit l'accusateur, en s'adressant à un tout petit homme, plein de candeur en apparence, et qui, certes, paraissait digne d'un meilleur rôle que celui qu'il a joué en cette circonstance, ah ça, tu ne m'abuses pas ? tu es bien sûr de ce que tu viens de me dire ? – J'en suis sûr. – Tu l'as vu faire ? – Je l'ai vu. – Prends garde à toi. – Je l'ai vu, répéta le jeune homme. – Le ton d'assurance du témoin, son air de modestie et de candeur dissipèrent tous les doutes de la compagnie ; l'aubergiste lui-même commençait à regretter le ton de fanfaronnade qu'il avait pris. – Tu es sûr, continua l'accusateur, que la bourse est sur lui. – Oui, hormis qu'il l'ait esquivée. – Bien, c'est ce que nous allons voir : suis-moi, tu ne dois pas craindre de dire la vérité. – Et tous deux s'approchèrent de la table auprès de laquelle nous étions, mon compagnon et moi. – Mon Dieu, dis-je en moi-même, serais-je en la compagnie d'un filou !... Hélas ! j'étais encore loin de penser que le filou, c'était moi !...

« Ici, mon cher Judes, ton pauvre frère fut interrompu par des sanglots... Ce paroxysme de douleur calmé, il reprit :

- Voyons maintenant, parle mon garçon ; dis la vérité sans crainte. Qui des deux, m'a volé ? - Celui-là, dit le jeune homme, en me montrant... La foudre ne m'eût certainement porté un plus rude coup ; je restai anéanti... je n'eus pas la force de proférer une syllabe. - Qu'on le fouille alors, s'écria un quelqu'un plus aviné que les autres. - Paix, s'écria l'aubergiste, ce n'est pas comme ça qu'on procède : continue ton interrogatoire, Joe. - Donc, mon enfant, tu es positif, c'est lui qui a volé ma bourse. - Oui. - Tu la lui as vu prendre. - Oui. - Que répondez-vous à cette accusation ? Monsieur, dit maître Thomé sur le ton d'un juge inexorable. - Je nie, fis-je avec calme. - Aux preuves alors, s'écria-t-on. - C'est cela, aux preuves, répéta Thomé. - Où a-t-il mis cette bourse, demanda Joe au témoin ? - Dans sa poche. - Dans quelle ? - Dans la poche de sa blouse. - Niez-vous cela encore, Monsieur, fit Thomé. - Je nie, répétai-je avec plus d'assurance que jamais. - Fouillez-le, fouillez-le, criait-on. - Doucement, vous autres *gueulards,* dit Thomé, ce n'est pas votre fait : la justice se chargera de l'affaire, envoyons chercher la police...

Tandis qu'on exécutait cet ordre, je mis indifféremment la main dans la poche de ma blouse... il y avait effectivement une bourse ! De ce moment, j'ai perdu connaissance et quand je suis revenu à moi, j'étais ici. Que la bourse ait été glissée par une autre main que la mienne, je n'ai aucun doute là-dessus ; je le jure devant Dieu qui me jugera bientôt. Mais par quelle main ? Pourquoi ? Dans quel but ? Dieu seul le sait... Voilà toute l'affaire... La bourse était dans ma poche, je l'avoue : mon cher Samuel, seulement elle y a été mise à mon insu : Mais à quoi bon nier ? Me croira-t-on ?... Brisons là-dessus - mon sort est arrêté. Dieu soit béni. Et mon frère ? - Je lui ai montré tes lettres ; il les a lues avec avidité. Hélas ! il ne me reverra plus !

Mais vous lui écrirez au moins, promettez-moi-le, Samuel, vous lui écrirez que je suis mort innocent du crime qu'on m'impute : ce sera une consolation dans son exil ?...

Malgré tout ce que j'ai pu dire, il m'a été impossible de chasser l'idée d'une mort prochaine de son esprit : il attend la mort, il l'espère et, puisqu'il faut tout dire, mon cher Judes, j'ai bien peur que son triste espoir se réalise : au moins, c'est l'opinion du médecin. Je vais le voir tous les jours... il dépérit à vue d'œil...

Le lendemain de ton départ, je suis allé chez M. Jacques M... Je vais, sans rien déguiser, puisque tu l'exiges, te rapporter la conversation que j'ai eue avec lui : – Et bien, dit-il, en m'apercevant, ce malheureux Denis... vient de faire un beau coup, n'est-ce pas ? – Je ne crois pas qu'il l'ait fait. – Tiens, et pourquoi non ? – L'en auriez-vous cru capable avant ce jour ? – Ta, ta, ta ; la belle raison ! Parce que c'est une première offense, donc il est innocent. Et mon Dieu tous les délinquants, avant d'avoir débuté, n'avaient non plus rien à se reprocher. Le crime a un commencement comme toute autre chose. – Monsieur, permettez-moi de vous dire que vous jugez Denis un peu trop sévèrement ; il a toujours été un modèle pour les jeunes gens de son âge, personne ne le conteste. – Soit, mais enfin, malgré toute sa vertu, il a failli : la preuve est palpable : on a trouvé la bourse dans sa poche : est-ce vrai, oui ou non ? – C'est vrai ; mais est-ce bien lui qui l'y a mise ? – Hormis que ce soient les anges ; et dans quel but, s'il vous plaît, lui aurait-on glissé cette bourse ? Vous voyez bien qu'une pareille hypothèse serait une absurdité. Non, mon cher, il n'y a pas moyen de se le cacher : il a volé la bourse ! Pour vous obliger, je croirai qu'il a péché par étourderie peut-être, qu'il ne péchera plus dorénavant ; mais c'est tout ce que je puis croire ; et vous verrez que la justice ne poussera pas la crédulité plus loin que moi. La chose est impossible. Et son frère Judes ! – Il n'a pu se résoudre à braver le préjugé ; il s'est exilé. – Je le sais : il a prouvé au moins qu'il avait du cœur ; d'ailleurs son propre intérêt lui faisait une nécessité de cette expatriation – Pourquoi ? – Vous demandez pourquoi ? pauvre jeune homme, comme vous êtes vert encore ! Ne savez-vous pas ?.. – Je sais bien, comme je viens de vous dire, que le préjugé... – Justement. – Et vous trouvez cela juste ? Ah ! *pardienne,* mon cher, s'il nous fallait discuter tous les actes, tous les jugements de notre société !... Mais le fait, et le fait impérieux, c'est qu'il faut s'y soumettre, surtout quand on n'a pas les moyens pécuniaires de se faire indépendant de cette société. Si Judes eût été un homme riche, le crime de son frère ne l'eût pas éclaboussé ! Comprenez-vous cela ?

Je ne comprenais que trop, pour pouvoir répliquer ; mais ce que je ne comprends pas, c'est que M. Jacques M..., d'ordinaire si libéral, paraisse tout à coup donner dans les malheureux préjugés du monde. Il faut croire que je ne l'ai pas trouvé dans son assiette ordinaire.

Je n'ai pas vu Elmire ce jour ; mais je la rencontrai le lendemain.

Bien que nous n'ayons pu tenir une longue conversation, j'ai néanmoins constaté une chose qui calmera ta douleur : c'est qu'Elmire t'aime comme toujours et qu'elle ne partage pas du tout l'opinion de son père à l'égard de ton frère...

Je suis forcé d'interrompre ici ma lettre ; on requiert ma présence pour affaires pressées...

Depuis hier, mon cher Judes - je désirerais avoir une plus heureuse nouvelle à te donner, en terminant cette correspondance - depuis hier, ton pauvre frère a beaucoup empiré, tellement que le médecin semble en désespérer ! Je suis allé en prison en toute hâte ; quand je suis entré, il reposait ; mais il s'est éveillé presque de suite. - Vous paraissez plus souffrant, mon pauvre Denis ? - Il me serra la main, en me disant adieu. - Puis il s'assoupit de nouveau... Je n'ai pas voulu le troubler davantage, je suis parti... Si tu veux le revoir en vie, je crois que tu feras bien de te hâter. Tu peux voyager incognito : personne ne saura que tu es venu. Personne, excepté moi, car j'exige que tu me voies. Adieu - Rien autre chose de neuf depuis hier...

Samuel

VI

Paul B... à son ami Marcel

Mon cher Marcel,

Depuis ma dernière, j'ai eu des inquiétudes poignantes : j'ai longtemps craint de ne pouvoir me débarrasser de mes importuns ; mais enfin j'ai réussi ; seulement, cela m'a coûté £300. Ils avaient, comme je te l'ai écrit, l'intention d'aller en Californie. Quelques jours après notre première entrevue, je rencontrai l'un deux, celui qui se nomme Judes. – J'ai réfléchi depuis, lui dis-je, au billet que Bernard a consenti à votre défunte mère. Vous me paraissez plein de courage et de zèle ; et je sais que £300 dans les mains d'un jeune homme qui commence, suffisent souvent pour lui créer une position honorable dans le monde. Je voudrais être plus fortuné, je paierais moi-même le billet, bien que je ne sois pas obligé de le faire. Mais je m'intéresserai pour vous ; je crois que, par l'entremise d'un ami, je pourrai vous procurer les £300. Si vous réussissez en Californie, vous me les rendrez, si non, il n'en sera plus question. La seule garantie que j'exige, c'est votre parole d'honneur.

Tu conçois que le jeune homme ne manqua pas d'accueillir cette proposition avec empressement et reconnaissance. Deux jours après, il eut les £300. Cependant le temps s'écoulait, et mon jeune homme ne se pressait pas de partir. Au contraire, j'appris qu'il avait abandonné ce projet. Je le rencontrai : – Tiens, mais vous n'êtes pas encore parti ? – Non et je partirai pas ; avec £300, je puis commencer ici un petit négoce qui me profitera, j'ai lieu de l'espérer. Puis il se hâta d'ajouter : cela ne me délie pas vis-à-vis de vous, Monsieur ; je vous rendrai les £300, tout comme si j'allais en Californie, et peut-être plus vite que si j'y allais. Je suis prêt à vous consentir une obligation. – J'acceptai, et nous allâmes chez le notaire. Nous ne nous sommes plus revus depuis.

L'inquiétude de perdre mes £300 me pesait sur le cœur ; mais ce n'était pas là le pire : le rival restait ; et je ne tardai pas à apprendre qu'il avait gagné les bonnes grâces de la fille et du père. J'étais jaloux de son bonheur ! Je voyais la belle enfant tous les jours, cela augmentait de plus en plus ma passion. L'idée qu'un autre posséderait tôt ou tard ce trésor, me brûlait... Le dépit est excessivement égoïste ! Aujourd'hui qu'elle va s'enterrer dans un cloître, aujourd'hui que je suis à peu près certain que personne ne l'épousera, croirais-tu que je respire plus librement, que la passion s'émousse considérablement ! Tel est, tel a toujours été l'homme.

Voulez-vous, me dit Fred un soir (je t'ai déjà parlé de Fred, un fin canard s'il y en a un), voulez-vous que je vous débarrasse de ce rival ? - Comment ? Par un moyen tout simple qui m'a déjà réussi parfaitement. Son frère reste à Montréal ; je le connais de vue. Je le rencontre, et le fais entrer dans une auberge ; chez Thomé par exemple, où il y a toujours beaucoup de chalands. J'ai un camarade nommé France qui est très adroit ; il sera du rendez-vous avec son neveu, - un petit bonhomme qui fera son chemin ! - Tandis que je converserai avec le frère de votre rival, France glissera une bourse dans la poche de ce dernier ; puis quelques instants après, il s'écriera qu'on l'a volé. Là-dessus son neveu désignera le prétendu voleur, en disant qu'il l'a vu prendre la bourse. Vous devinez le reste... Votre rival se trouvera déshonoré dans la personne de son frère : et s'il n'est pas répudié par la fille, il le sera indubitablement par le père : il aura honte de donner sa fille au frère d'un voleur !

Qui fut dit, fut fait ; le frère de Judes a été pris en flagrant délit ; il ne pouvait en être autrement : on l'a emprisonné ; et s'il ne meurt pas (il est bien malade), il sera condamné sans aucun doute. Judes accablé sous le déshonneur de son frère, a laissé le pays... Je n'en suis pas plus avancé relativement à la jeune fille, c'est égal, j'ai toujours une torture de moins : la jalousie...

Quand tu m'écriras, dis-moi donc si tu as réussi avec ce Fitz... dont tu me parlais. Est-il dans le piège ? ce serait une fameuse affaire.

Tout à toi,

Paul B...

VII

Elmire à sa tante

Chère tante,

Je n'ai qu'un instant pour vous apprendre que mon père a enfin accédé à mes instances. Demain, je dis un éternel adieu au monde : je le laisse sans regret...

Adieu, priez pour moi,

Elmire

P.S. – Ce pauvre Denis a cessé de souffrir ce matin... il est mort en protestant comme toujours de son innocence. Espérons qu'il est au ciel maintenant.

E.

III
LA VÉRITÉ DANS TOUT SON JOUR

I

Le faux dévot dans toute sa laideur

Nous allons nous transporter à New York ; mais nous n'y serons que quelques instants.

Le temps est excessivement chaud ; cherchons l'ombre et le frais : allons au Parc... Nous y trouverons, sur un banc isolé, un jeune homme remarquable de pâleur, et paraissant affaissé sous le poids de quelque grande douleur. Nous n'avons pas besoin de vous le nommer : c'est Judes F... Il a probablement cherché la solitude pour mieux se livrer au chagrin, c'est le faible de tous les malheureux : au lieu de chercher les distractions, ils ne cherchent qu'à se trouver face à face avec leur douleur. Plus ils pleurent, plus ils veulent pleurer !...

Au plus fort de ses sombres et creuses réflexions, Judes sentit tout à coup une main lourde sur son épaule. Il leva la tête et reconnut l'individu qui, quelques mois auparavant, lui avait appris la résidence de Paul B...

- C'est vous ! s'écria Judes, sur le ton familier d'un ami qui revoit son ami après une longue séparation.

- C'est moi, fit l'autre sur le même ton : je n'ai pas changé ; mais vous ! mille bombes !... vous êtes méconnaissable !...

- Vous me laissâtes trop vite, l'autre jour, interrompit Judes.

- Pourquoi ?

- Parce je n'eus pas le temps de vous remercier.

- Tiens, c'est moi que me fiche bien de cela. Et pourquoi me remercier ?

- Vous m'avez rendu un véritable service en m'indiquant la résidence de Paul B...

- Alors, je vous l'ai rendu sans le savoir : ainsi je ne mérite pas de remerciements... Vous étiez donc bien intéressé à savoir celà ?

- Plus que vous ne le pensiez. Voici l'histoire en deux mots : Bernard que vous connaissez devait £300 à ma mère : il ne les lui a jamais payés.

- Belle affaire que £300 : s'il n'avait volé que cela !...

- C'était beaucoup pour nous, mon frère et moi. Or, vous m'avez dit que Paul B... avait hérité de tous les biens de Bernard.

- Des biens, il n'en avait pas ; mais de tout son argent.

- C'est ce que je comprends. Paul B... a nié cela cependant.

- Je m'y attendais bien, fit l'inconnu, avec un geste de dédain : de sorte que vous n'avez rien eu...

- Si fait, j'ai eu les £300 à titre de prêt, et Paul B... m'a bien fait comprendre que c'était une faveur...

- Une faveur ! s'écria l'inconnu avec un gros éclat de rire, une faveur ! Écoutez, mon ami, je savais tout ce que vous venez de me dire.

- Comment cela ?

- Je vous le dirai tout à l'heure. Vous rappelez-vous que, lorsque nous nous rencontrâmes la première fois, je vous dis en vous laissant, au sujet de Paul B... *Je connais bien d'autres choses encore.* Vous rappelez-vous de cela ?

- Sans doute.

- Je vais vous prouver que je n'ai pas menti ; ce ne sera pas long. Vous connaissez ce qu'était Bernard... je n'ai pas besoin de vous le dire : et bien, Paul B... était un de ses complices.

- Mon Dieu ! fit Judes : et lui qui passe quasi pour un saint !

- Tiens, et Bernard donc ! ce n'est que sur les derniers temps qu'on a commencé à le connaître. Avant cela, on lui aurait donné le bon Dieu sans confession ! Bernard, Paul B... et tous les autres - car c'est une espèce de société - agissent de même. - Bernard dressait les plans et avait des subalternes qui les mettaient à exécution. Comme cela, il était à l'abri. J'ai été moi-même un de ces subalternes, ils m'appelaient Thom. Que cela ne vous effraye pas, mon ami, je l'ai été sans le vouloir. Je vous expliquerai cela dans une autre circonstance. Sitôt que je compris quels maîtres je servais, j'ai fait mon paquet. Bernard et Paul B... craignant que je ne les découvrisse, complotèrent ma mort, et à l'heure qu'il est, Paul B... me croit rendu dans l'autre monde depuis longtemps. Je vous dirai plus tard par quel singulier hasard j'ai échappé à la main des misérables qu'on avait lâchés à ma poursuite...

Il y a longtemps, mon ami, que je rêve une vengeance ; je l'ai trouvée : elle sera terrible ! Par une singulière coïncidence, cette vengeance vous servira en me servant.

- Moi ?

- Vous et votre frère, ce dernier surtout.

Un vague soupçon traversa l'esprit de Judes : ce soupçon parut lui faire du bien : il murmura : mon Dieu, s'il en était ainsi !

- Oui elle sera terrible cette vengeance ! ajouta Thom avec un geste effrayant. Puis, tirant trois lettres de son portefeuille :

- Tenez, dit-il, il y a dans ceci de quoi mettre à nu la scélératesse, toute l'odieuse hypocrisie de Paul B... Ces trois lettres sont de sa main, signées de son nom et adressées à un nommé Marcel, autre misérable qui se cache sous la peau de l'agneau pour faire plus impunément le loup.

- Et comment vous êtes-vous procuré ces lettres ?

- Question inopportune pour le moment, mon cher ; plus tard, on vous y répondra... Vous me disiez, il y a un instant, que Paul B... en vous prêtant £300 a prétendu vous faire une grande faveur.

- Oui.

- Vous allez voir quelles sont les faveurs de ce misérable ; il n'en accorde jamais d'autres. Avec ces £300, vous aviez dessein d'abord d'aller en Californie ?

- Oui.

- Vous l'aviez dit à Paul B...

- Oui.

- C'est pour cela qu'il vous a prêté les £300.

- Et dans quel but ?

- Parce qu'il voulait se débarrasser de vous : votre présence le gênait.

- Comment ?

- Il était jaloux.

- Jaloux ?

- Comment donc. N'aimiez-vous pas une jeune fille du nom d'Elmire ?

- Ce que vous allez me dire, est-il bien possible, dit Judes en frissonnant !

Thom donna à Judes la première lettre de Paul B... à Marcel, que nous avons communiquée à nos lecteurs (chap. III, première partie).

- Lisez : ceci vous convaincra que l'homme est non seulement susceptible de l'odieuse passion que vous devinez, mais qu'il est capable de tous les crimes.

- Et tout cela, sous le manteau de la religion ! murmura Judes avec une douloureuse indignation, après avoir lu la lettre. Mon Dieu ! c'est effrayant le rôle qu'on joue avec votre saint nom ici bas ! Qu'on : c'est une mauvaise expression...

- Pas si impropre que vous le croyez mon cher...

- Oui, impropre, j'aime à le croire, de pareils hypocrites sont des exceptions...

- Nombreuses exceptions que celles-là ! peut-être pas toutes aussi monstrueuses que ce Paul B... mais enfin...

- Et vous êtes bien sûr que c'est Paul B..., le même qui m'a prêté les £300, et qui a la réputation d'un saint...

- Je le suis : vous le serez vous-même, quand vous aurez lu cette seconde lettre (voir chap. VI, première partie).

Judes ne pouvait douter... tant d'infamies l'épouvantaient ! et dans l'âme d'un prétendu dévot encore ! dans une âme que le vulgaire envoyait tout droit au ciel !

- Comprenez-vous, maintenant, dit Thom, avec une amère et terrible ironie, comprenez-vous l'insigne faveur que vous a accordée Paul B... Appréciez-vous dignement la pureté de ses motifs, la philanthropie de ses intentions : les voici, admirez ! 1° il craignait, comme il le dit, ce damné Thom, - et vous concevez aujourd'hui qu'il avait quelque raison de le craindre ; 2° il voulait se débarrasser d'un rival - et que dites-vous des moyens qu'il prit ? que dites-vous du sacrifice qu'il faisait en vous donnant les £300, ou plutôt, en vous les avançant, pour me servir de son expression ? - expression vraie, s'il en fut une, car il est certain que son ami Marcel ne lui eut pas fait défaut. Ces hommes-là, croyez-vous, se trompent rarement dans leurs calculs ; une fois qu'ils ont désigné une victime, il est bien rare qu'elle leur échappe.

Judes gardait un morne silence.

- Tout cela, dit Thom avec exaspération, tout cela vous effraye, vous stupéfie ; cela ne m'étonne pas - vous êtes jeune, vous connaissez peu le monde, vous commencez à le connaître aujourd'hui ; vous le connaîtrez mieux plus tard. En attendant, finissons-en avec le panégyrique de notre saint homme ! Il va le compléter lui-même, dans cette troisième lettre que vous allez lire. Comme de raison - je vous préviens de ceci, en cas que vous le taxiez de présomption, défaut tout à fait contraire à la sainteté, - il n'aurait jamais écrit ceci, s'il eût craint la publicité.

Thom déplia la lettre, en jetant un gros éclat de rire plein d'un amer sarcasme.

- Quand Paul B..., ajouta-t-il, vous eut donné les £300, et qu'il vous vît décidé à ne pas aller tenter les mines d'or de la Californie, cela, vous le concevez, l'incommoda beaucoup - tous ses plans se trouvaient brisés du coup, ou à peu près. D'abord et surtout vous restiez, vous, son rival, et, plus tard (il le sut), son rival triomphant. C'était là le plus aigu de sa souffrance ! Il trouva un complice qui le tira d'embarras - ce complice se servit d'une innocente et inoffensive victime ; cette victime, ce fut votre pauvre frère... Maintenant vous devinez tout le reste ; mais lisez : il vous faut de la conviction...

Judes lut la dernière lettre de Paul B... à Marcel (chap. VI, deuxième partie).

Tant qu'il n'avait été question que de ses propres intérêts, Judes, naturellement et excessivement placide et patient, s'était contenu ; mais l'innocence flétrie de son frère, flétrie dans le but de servir une passion aussi détestable que celle de Paul B..., fit momentanément naître en son cœur le ressentiment à la vengeance.

- Ce fait-là, dit-il en grinçant des dents (l'action de France qui avait mis la bourse dans la poche de Denis), ce fait-là est inouï dans les annales du crime.

Thom était de nature passablement physionomiste ; craignant quelque excès inopportun de la part de Judes, il sentit la nécessité d'un prompt calmant, et ajouta avec indifférence.

- Et non ! ce fait-là n'est pas inouï ; je l'ai vu répété bien des fois.

Thom avait raison ; nous avons été personnellement témoin du même fait à Québec.

- Au surplus, ajouta-t-il, qu'est-ce qu'il y a donc d'invraisemblable là-dedans ?

Heureusement chez ces natures promptes à s'enflammer, la Providence a mis, par compensation, un précieux contrepoids. Comme nous venons de le dire, Judes était naturellement ce que l'on peut appeler un bon enfant : il est vrai que parfois un rien l'exaspérait ; mais aussi, si l'expression est permise, un rien, une ombre de réflexion le ramenait promptement à son état naturel, c'est-à-dire bon enfant.

Aussi, Judes ne fut-il qu'une seconde sous l'empire de l'emportement que nous venons de remarquer : le malheur immérité de son pauvre frère l'absorba bientôt complètement et lui inspira de plus douces émotions ; il versa un torrent de larmes.

Thom, malgré son aspérité ordinaire, respecta et parut même partager cette douleur fraternelle. Il y eut un silence de plusieurs minutes. Ce fut Thom qui le rompit.

- Moi, dit-il, je ne connais pas ce qu'on appelle dans la société les formules de condoléances ; sans cela, je vous ferais de grandes phrases pour vous consoler de votre chagrin ; je n'ai pas été élevé dans cette sphère-là mais par exemple, au lieu de ces factices consolations de bouche, j'en ai de plus solides à vous offrir ; moins pompeuses, moins fastueuses, moins luxueuses, elles seront plus solides, plus efficaces, plus profitables. Nous autres, gens du bas du peuple, nous ne connaissons pas ce que peut avoir de prix le luxe, l'apparat, le clinquant ; ce que nous apprécions, c'est le solide, et nous nous en trouvons bien. Et c'est du solide, c'est-à-dire un service et non pas du superficiel, c'est-à-dire des paroles que je vous offre. Acceptez-vous ?

- J'accepte, fit Judes en serrant avec transport, les mains de Thom.

- Eh bien, il faut dévoiler Paul B..., lui arracher cette peau de brebis : cela fait, je suis vengé, et vous êtes réhabilités, vous et votre frère. Mais il me faut d'autres preuves que ces lettres... promettez-moi que dans un mois à pareille date et à pareille heure, nous nous retrouverons au même lieu, ici.

– Je vous le promets.

– Touchez-là, dit Thom en présentant sa main ; nous réglerons alors les détails de notre plan...

II

L'éveil

Revenons au Canada...

Le même jour de l'entrevue de Judes et de Thom, Paul B... avait reçu la lettre suivante de son digne ami, Marcel ; l'écriture était à peine lisible, tant il avait écrit à la hâte.

« Mauvaises nouvelles, mon cher ! Ton pressentiment n'était que trop fondé ! Thom vit encore ; il est ressuscité, je ne sais par quel miracle. Toujours qu'il vit, je l'ai vu de mes propres yeux...

« Ce n'est pas le pire : on m'a volé avant-hier une cassette renfermant plusieurs bijoux appartenant à diverses personnes... et puis, pour comble de malheur, les trois dernières lettres que tu m'as écrites et que, par une négligence damnable, j'avais oublié de mettre plus en sûreté. C'est, tu le conçois, plus qu'il n'en faut pour nous perdre.

« Je soupçonne maître Thom, puissé-je ne pas me tromper et l'atteindre ; cette fois, je te le promets, il n'aura pas la vie si dure. Et j'espère l'atteindre... mais en tout cas, le plus sûr pour toi, c'est de changer de patrie ; nous sommes habitués à ce déménagement... Fais la chose sans éclat, car nous n'avons pas seulement à éviter les coups de la justice ; mais notre bonne réputation à conserver. Aussitôt que tu seras fixé, tu m'écriras sans délai.

Très à la hâte,

Marcel »

Cette lettre, on le conçoit bien, fut un coup de foudre pour Paul B... Un cœur moins endurci, qui n'eût pas été entièrement inaccessible au remords, aurait reconnu dans cette foudroyante missive le doigt vengeur de la Providence ! et eût tremblé ! Paul B... se redressa furieux, en blasphémant contre ce coup du ciel qui venait briser ses coupables perspectives !...

Il lui en coûtait de laisser le Canada : nulle part ailleurs l'hypocrisie vêtue des apparences de religion ne lui avait mieux profité ; il n'avait trouvé nulle part ailleurs des dupes plus faciles et en plus grand nombre. Cependant il fallait décamper ! Quelque appétissante que soit la proie, la bête la plus vorace l'abandonne, quand elle se voit pressée de trop près.

Et comme il ne fallait pas déserter comme un voleur, et couvrir ce départ inattendu de quelque prétexte plausible, conformément aux instructions de Marcel... Paul B... souffla à l'oreille de certaines commères qu'il partait pour un pèlerinage en Terre-Sainte ! - C'était admirable de piété ! - En un instant ce fut connu publiquement ; - une langue de commère vaut une presse qui imprime 20,000 feuilles à l'heure. Et puis, conséquence toute naturelle, ce fut, si l'expression n'est pas trop hardie, une véritable épidémie de chagrin dans toute la paroisse. Le départ de Paul B... fut considéré quasi comme une calamité dont chacun grossissait les conséquences, suivant sa dose de superstition... Paul B... était le veau d'or, moins la dorure, de la paroisse ! c'est tout dire. Avec cela, nous aurions dû le dire plus tôt, il était un peu charlatan ; on lui croyait le secret de tout guérir ; il ne guérissait pourtant pas toujours, tant s'en faut ; mais il inspirait toujours de la confiance : or, la confiance est une précieuse chose !... Vous voyez qu'on avait raison de le regretter !...

Paul B... voulut signaler son départ par un acte d'abnégation qui lui coûtait peu cher à la vérité, mais qui n'en fit pas moins une profonde impression : il fit annoncer à la porte de l'église que son mobilier - ce n'était pas un mobilier de prince - serait vendu publiquement et que le profit serait versé entre les mains des pauvres. Ce n'est pas tout : il distribua aux plus ferventes ses objets de dévotion : celle-ci eut un cadre, celle-là, un chapelet, une autre, une médaille, une quatrième, un livre, qui un crucifix, qui un scapulaire - toutes reliques que chacune, cela se devine, a conservées avec une religieuse attention !...

En un mot, le lecteur s'en doute bien, Paul B... partit pour ainsi dire écrasé sous le poids des bénédictions de la paroisse.

Contraste navrant ! Un homme qui, dans l'ombre, sans fanfaronnade et sous le véritable voile de la pitié, eût fait en actes de bienfaisances et de charité, ce que Paul B... sous le masque d'une fausse religion, avait commis en turpitudes et en crimes, n'aurait pas eu le demi-quart de l'estime, de l'admiration, nous dirions presque de la vénération, qu'apportait avec lui Paul B... Il y a dans ce triste contraste, pour quiconque sait voir les choses à leur véritable point de vue, un champ immense d'amères réflexions que nous n'avons pas le courage d'exploiter. Nous l'abandonnons ; chacun peut y entrer et y récolter librement...

Le même jour que Paul B..., emportant les vœux les plus ardents de la paroisse, partait pour accomplir son prétendu pèlerinage à la Terre Sainte, on enregistrait dans les annales du crime dans la cité de New York, l'assassinat d'un homme inconnu. - Effectivement personne n'avait réclamé le cadavre. - On ne connaissait pas plus l'assassin, disaient les journaux...

Avons-nous besoin de dire que la malheureuse victime était Thom, et l'assassin, Marcel, le confrère de notre pieux pèlerin Paul B...

Thom portant toujours sur lui les lettres écrites par Paul B..., lettres tant et si justement redoutées par Marcel, nous n'avons pas non plus besoin d'ajouter qu'elles avaient disparu avec la vie du porteur...

III

Conclusion

Le lecteur aurait aimé, nous n'en doutons pas, que les lettres de Paul B... eussent vu le grand jour : il ne devait pas trop s'y attendre ; car il est de fait que Dieu permet assez souvent que ces grands hypocrites poursuivent impunément leur odieuse carrière jusqu'à la fin. À quiconque ne voit pas au-delà des étroites limites de la vie terrestre, cette tolérance divine peut paraître injuste ; mais il ne faut pas oublier qu'il y a une vie future où tout se compensera, se pèsera, se mesurera strictement et impartialement ; il ne faut pas oublier que, dans cette vie future, on tiendra compte rigoureux de cette apparente impunité dont le crime se targue en cette vie. – Le châtiment viendra tôt ou tard, comme la récompense !... Triste ou consolante vérité, suivant qu'on est bien ou mal préparé !...

Heureusement, et comme légère compensation, nous causerons une surprise agréable au lecteur, en lui annonçant que le dénouement a été plus heureux qu'il ne s'y attendait, pour Judes et Elmire, tous deux victimes jusqu'à présent, inexplicable fatalité ! Comme le lecteur ne pouvait guère, d'après les événements que nous venons de raconter, s'attendre à un pareil dénouement, il nous en demandera raison : nous allons satisfaire en quelques mots.

Le seul obstacle au mariage de Judes et d'Elmire, on l'a présumé, était la disgrâce, pour ne pas dire plus, dans laquelle était involontairement tombé le frère de Judes, le malheureux Denis, mort en prison, victime d'un affreux guet-apens. La disparition des lettres écrites par Paul B... avait ôté au lecteur tout espoir de voir cette hideuse intrigue dévoilée et partant l'obstacle levé. Mais nous comptions tous ensemble sans le malheureux France, celui qui avait glissé la bourse dans la poche de Denis. Ce pauvre France – il le faut dire à son avantage, – n'avait pas cédé à l'appas du crime par inclination ; c'était la misère qu'il fallait accuser !... Quelque temps après les événements que nous venons de raconter, France tomba malade ; et, sur son lit de mort, il avoua comment il avait servi d'instrument au nommé Fred. On chercha ce dernier ; mais il avait disparu ; ce qui confirma les aveux de France et réhabilita justement la mémoire du malheureux Denis.

Le reste se devine : Judes revint : Elmire laissa le cloître ; Jacques M... les unit ; et, si la mort n'est pas venue les séparer, ils jouissent encore de toutes les pures consolations d'un hymen basé sur la plus sincère affection.

Il y a quelques mois des affaires professionnelles nous appelèrent dans la paroisse St... Coïncidence très remarquable, nous fûmes surpris en chemin par une bourrasque des plus impétueuses qui nous força de faire halte et de frapper à la première porte venue. Nous reçûmes l'hospitalité dans la même maison qui avait abrité quelques années avant, et dans les mêmes circonstances, Judes et Denis. Le local était le même, sauf quelques dépérissements de plus, causés par le temps ; mais le personnel était complètement changé. Mère Jeanne était morte ; ses petites filles, comme elle les appelait, étaient mariées et avaient laissé la paroisse ; et le babouin avait suivi une de ses sœurs... La cahute était habitée par un jeune couple quelque peu en parenté avec la ci-devant propriétaire mère Jeanne : et qui nous accueillit, nous éprouvons à le reconnaître un sensible plaisir, - plaisir de gratitude, - avec une franche et cordiale hospitalité qui de tout temps a témoigné hautement en faveur du cultivateur canadien.

Durant la soirée, faute de sujet plus actuel, nos hôtes nous racontèrent ce que nous venons de raconter nous-mêmes... À la tête du lit nuptial, nous vîmes un petit bénitier de faïence dans lequel trempait une branche de buis bénit : ce bénitier était un cadeau de Paul B... à feue mère Jeanne qui à son tour l'avait donné en souvenir et comme relique, à notre hôtesse, sa filleule. - Mère Jeanne, cela va sans dire, était morte en vénérant son donateur.

Nous avons vu le lendemain matin le prétendu bouge monastique de Paul..., - misérable et chétive bicoque trop délabrée aujourd'hui pour être habitable : ce n'était plus que le refuge des animaux les plus immondes sans abri. Nous avons vu la maison de Jacques M... ; on nous a montré la fenêtre où Elmire avait tant surexcité les sens de Paul B... Tout était bien changé dans cette habitation aussi. Jacques M... était mort, Elmire, comme nous l'avons dit plus haut, était mariée et nos hôtes ne purent nous dire où elle était avec son digne époux Judes F...

Et Paul B... où est-il à l'heure qu'il est ?

Rendu en Terre Sainte, infailliblement - dirait mère Jeanne, si elle vivait encore - Elle avait une grande Foi, mère Jeanne ; elle doit être sauvée !... Par malheur, nous ne sommes pas aussi crédule qu'elle : nous craignons fortement que Paul B... avec les dispositions que nous lui connaissons, ne touche le gibet, avant de toucher le sol de la Palestine...

Un dernier mot !

Il y a des bonnes âmes, comme mère Jeanne, qui ont une excessive confiance dans les apparences, qui s'imagineront que notre Paul B... est un personnage fictif, de notre invention. Pour convaincre ces bonnes âmes du contraire, nous n'avons qu'une question à leur poser :

Se rappellent-elles de feu le *Docteur L'Indienne* qui disait son chapelet au pilori (ce fait est connu), qui, après avoir passé pour un grand dévot, est mort sur le gibet, à Québec, écrasé sous le poids de ses crimes...

Entre cet affreux esculape et notre Paul B... où est la différence ? - Il n'y en a pas de perceptible.

Et d'ailleurs combien d'autres faux dévots comme Paul B... que nous touchons, que nous coudoyons chaque jour, à chaque instant, rien que dans notre bonne ville de Montréal... Les Paul B... pullulent ; ils ne se servent pas tous des mêmes moyens ; mais ils ont tous le même but : *Exploiter le vulgaire sous le masque d'une fausse piété !*

La Toussaint

Avez-vous entendu à votre réveil les sinistres tintements de nos cloches, semblables aux tristes mélodies d'une voix plaintive ? Avez-vous entendu à la première pâleur du jour les sourds mugissements des vents à travers les feuillages, comme les derniers soupirs d'une lente agonie ?.......

Avez-vous remarqué le hêtre jauni qui se courbait vers la terre, comme le vieillard affaissé qui s'incline dans la poussière ? Ce soleil radieux qui lutte avec le nuage noir des tempêtes, ne vous semble-t-il pas comme la gloire du monde obscurcie par les passions orageuses de la vie ? Cette feuille d'automne qui tombe lentement et comme à regret de l'arbre qui l'a nourrie, ne vous représente-t-elle pas le jeune homme d'une année de vigueur et de gloire qui meurt aux espérances d'un long avenir ?..........

Là-bas au bout noir de l'horizon, j'ai vu un fantôme ! Il était languissant comme le moribond, livide comme le cadavre ! Sa figure était décharnée ; ses yeux étincelants comme ceux de la bête fauve qui cherche sa proie ! De ses mains longues et osseuses il semblait vouloir se cramponner à des ombres qui fuyaient devant lui comme l'éclair. Ces ombres étaient les richesses et les délices de la terre ! Il prêtait l'oreille de tout côté ; il entendait comme le bruit des flots d'une mer mugissante ; la calomnie et la noire envie !......

Hélas ! ce fantôme je ne le reconnus que trop ! C'était l'homme, c'était vous, ô mes amis ! c'était moi-même ! Il a tressailli quelque temps ! puis il s'est agité un instant comme le tigre qui lutte avec les dernières angoisses de la mort ; puis il est tombé ; il a passé comme le dernier rayon du soleil couchant !.........

Tel est l'homme ! Ainsi passera le monde !..........

Mes pensées sont sombres et tristes comme la forêt qui se dépouille de ses habits de splendeur ; comme l'astre radieux qui se cache derrière le voile sombre des orages ; comme l'oiseau qui chante ses adieux et laisse ses affections !

Mes pensées sont sombres et tristes comme le terrible jour où la mort célèbre sa fête, proclame son triomphe sur les débris de ses lauriers !

Je me suis levé ; j'ai entendu la cloche qui, il y a vingt ans, annonça mon existence ! j'ai marché lentement, lentement comme la monotonie lugubre de sa voix !......

J'ai marché !..... Dieu !......

J'ai rencontré le vieillard qui chancelait sur le bâton de ses ancêtres ; la jeune fille qui touchait à peine la terre de son pas léger ; l'homme riche et orgueilleux qui repose sur des lits d'or ; le misérable aventurier qui s'endort sur le grabat du pauvre pèlerin ; le monarque qui commande à la terre ; l'esclave obscur qui plie sous le joug du tyran ; ... je leur ai demandé à tous où ils allaient ; ils m'ont tous répondu : Nous allons prier pour les morts !......

Prier pour les morts !..... Avez-vous entendu ?.......

Je les ai suivis.

J'ai vu un enclos isolé. Puis une porte étroite ; un vieux pin brisé par les tempêtes.

Au milieu de cet enclos, il me sembla voir un spectre hideux armé d'un sceptre tranchant, entouré d'une foule innombrable de cadavres qui chantaient des hymnes à sa louange ; puis, à ses pieds, deux petits enfants qui jouaient avec la poussière des grands !

Et autour de ce roi du néant étaient groupés des croix funèbres, sur lesquelles on lisait encore quelques dernières inscriptions, dernière mémoire de la vie !

Et l'homme tombait comme anéanti aux pieds de ces vains monuments du monde passé !.........

Je m'arrêtai devant une petite croix blanche, et je lus ces mots :

« Émilie, décédée le......, âgée de 16 ans. »

Oh ! Émilie !... ce nom me rappela une jeune fille que j'avais connue. J'adressai à Dieu la prière des vierges, et je pleurai !... Elle était si belle ! si pure, cette Émilie... Tu mourras donc aussi toi à ton tour, jeune fille, toi qui souris aujourd'hui avec tant de complaisance à l'espérance d'un bel avenir que tu crois certain ! Tu mourras donc !

Dieu ! le croiras-tu ? oh non ! cet éclat, ces charmes, cette vigueur du jeune âge... ces plaisirs, ces affections... cet amant que tu aimes tant... ces amis qui te chérissent et qui te flattent... oh non ! tout cela ne passera pas si vite !... Tu dis cela, jeune fille ! Et pourtant écoute bien ce glas sinistre ! Tu trembles !... Regarde le sourire sardonique de ce spectre ! Tu frémis ! Ne t'abuses plus, jeune fille !...

Vois cette rose, aujourd'hui si fraîche et si vive, et demain si fanée, si penchée sur sa tige mourante... Ainsi finira le jeune âge !...

Je m'inclinai sur une autre tombe, et je lus :

« Joseph, âgé de 18 ans ! *Requiescat in pace !* »

Repose en paix, pauvre jeune homme... Ton nom, tes vertus, la gloire de tes ancêtres, tes nobles talents, la mort n'a rien respecté ! Tu étais riche pourtant ; tu aurais pu vivre, plus que tout autre, indépendant des caprices, des malheurs du monde, mais Dieu a dit à l'homme : Tu mourras !...

Écoute bien, jeune homme, toi qui commences aujourd'hui ta carrière avec éclat, qui brilles aux yeux de tes collègues que tu as rendus jaloux de tes succès... Tu mourras ! Que te restera-t-il de tout cela ? Un vain nom que le temps effacera comme tout le reste !

Je l'ai vu, l'amant adoré de son amante, goûter les délices de l'affection la plus tendre. Était-il heureux ? Non ! après le bonheur d'un jour venait le revers d'une année qui détruisait tout, jusqu'aux espérances de l'avenir ; et puis la mort !... la mort ! ce terme inévitable de toutes choses !

J'avançai encore plus loin.

Et je vis la colonne rongée de l'homme du trône, dernier monument de la grandeur du monde.

J'ai vu le grand adoré sur la terre, je l'ai vu entouré de favoris, d'esclaves qui se courbaient devant lui au seul son de sa voix, je l'ai vu plier sous des habits d'or, savourer les mets les plus délicieux. Aujourd'hui il dort dans la poussière ! le monde l'a oublié ; à peine trouve-t-il un homme qui pleure sur sa tombe ! Il ne reste plus de lui qu'un vague souvenir. Il est tombé de son trône de gloire comme le lion majestueux qui, après avoir promené dans les forêts son indomptable indépendance et fait trembler tous les animaux, va mourir ignoré dans un repaire ténébreux. Il est tombé de ce trône comme cet aigle qui, après avoir plané au plus haut des cieux, va mourir au pied de cette immense montagne qui, il n'y a qu'un instant, lui semblait comme un petit point obscur ; comme ce guerrier qui, après avoir dompté les nations et conquis l'univers, va périr relégué sur une isle déserte. Ainsi finira toujours l'homme superbe... la gloire du monde !

J'ai vu la croix frêle et abandonnée du pauvre, triste image de ce qu'il fut dans le monde.

J'ai vu la tombe du mauvais riche, devant laquelle personne ne s'inclinait !...

Avares infâmes qui n'avez d'autre plaisir que celui de palper un vil métal que vous avez peut-être dérobé à l'indigence, vous mourrez à votre tour ! Le monde maudira votre mémoire, dissipera ces richesses que vous aurez amassées dans l'inquiétude, le tourment et le remords !

J'ai vu le marbre blanc de l'homme au cœur bienfaisant sur lequel pleuraient la veuve en détresse, l'orphelin abandonné et le vieillard infirme.

... Puis je me suis incliné devant le Christ qui est au milieu du champ des morts, et j'ai pleuré sur la vie des hommes.

Je me demandai à plusieurs reprises : Qu'est-ce donc que la vie ? et une voix me répondit toujours : La vie, c'est le sentier qui conduit à la mort !

Et je me disais :

Puisque la vie n'est qu'un triste passage du néant au néant, pourquoi l'homme s'y attache-t-il tant ?

Puisque l'homme ne naît que pour mourir aussitôt, pourquoi vit-il comme s'il ne devait jamais mourir ?

Triste aveuglement !................

Et pourtant ne dirait-on pas en voyant l'homme pleurer sur la tombe des morts, ne dirait-on pas qu'il croit être exempt du même sort ! Ses larmes sont comme celles d'un criminel qui, sorti du bagne par un heureux hasard, pleure en voyant un frère subir le dernier supplice. Ses larmes sont froides et stériles !

Ô hommes ! encore une fois, ce n'est pas tant pour pleurer sur la mort que sur la vie, que l'Église vous appelle aujourd'hui !

Vous dites : La Toussaint est un jour ennuyant ! Avez-vous bien pensé ? Avez-vous un cœur sensible ou bien êtes-vous de ces cœurs de rocher qui ignorez jusqu'aux plus légères impressions de la mélancolie ?

Savez-vous ce que c'est que la mélancolie ? La mélancolie, c'est cette vérité sinistre, cette vérité de la tombe :

« Tout passe dans la vie. »

Et c'est le jour de la Toussaint qui nous l'apprend.

Et puis vous n'aimez donc pas le souvenir ?

Voyez cette mère qui pleure sur la tombe de son enfant. Elle est toute aux illusions d'un passé plein de charmes. Elle se rappelle le jour où ce fils bien-aimé a ouvert les yeux à la lumière. Comme elle s'empressait autour de son berceau ! C'était le premier fruit de son hymen. Avec quelle tendresse elle le pressait sur son sein palpitant ! Quelles espérances ne formait-elle pas ! Mais, hélas ! ces premières émotions d'une tendre mère passent si vite ! Viennent les tendres alarmes. L'enfant grandit, puis il meurt !... Et aujourd'hui elle répète : Tout passe dans la vie !...

Ce souvenir, quoique pénible, ne lui fait-il pas verser des larmes bien douces ?

Et puis l'époux et l'épouse, l'ami et l'amie que la mort aura séparés, n'est-ce pas au jour de la Toussaint que le souvenir les impressionnera le plus ?

Ô ! jeunes filles, tendres jeunes filles, ne pleurez-vous pas, vous surtout qui êtes si sensibles, dites-moi, ne pleurez-vous pas lorsque le jour commence à pâlir, que le ciel prend une teinte semblable à un voile de crêpe, que la cloche sonne lentement et dont la voix va se perdre insensiblement dans le calme des solitudes comme les derniers râles du mourant ; lorsqu'aux pâles reflets du cierge funèbre, à travers les vitraux du temple, vous apercevez des figures pâles et pleureuses qui passent et repassent comme des ombres et viennent se prosterner à la porte de la cité des morts ?

J'ai tremblé ! j'ai frémi !

Et lorsque la voix faible et entrecoupée du prêtre a dit avec la foule :

De profundis clamavi ad te, Domine, Domine, exaudi vocem meam, j'ai senti comme une douce émotion semblable à celle du juste qui laisse la terre pour aller se reposer dans les bras de Dieu !...

Et le vieillard, mon Dieu ! le vieillard...

Il y a quelques années, j'étais à la campagne le jour de la Toussaint.

Je remarquai loin de la foule un vieillard qui avait sa tête blanche appuyée sur le mur froid du cimetière, et à ses côtés, une jeune fille vêtue de longs habits noirs. Elle pleurait continuellement. On eût dit la déesse de la mort, ou la divinité des souvenirs ! Quel frappant reflet de la mélancolie sur sa figure divinement pâle, douce et régulière !

Le vieillard regardait, puis une larme coulait lentement sur sa joue osseuse !...

Et la jeune fille poussait un soupir douloureux. Quel soupir ! hélas ! le soupir d'une mère qui presse son dernier fils mourant sur son sein ; le soupir d'une amante qui donne sur son lit de mort une larme d'adieu à son amant !

Ce spectacle n'était-il pas d'une imposante gravité ?...

Le tableau était parfait. Peut-on mieux peindre en effet le passage de l'homme sur la terre que par le contraste sublime d'un vieillard et d'une jeune fille pleurant sur une tombe en ruines !

... La foule passa ; elle passa lentement comme les ténèbres d'une nuit d'automne !

Le vieillard se tourna vers la jeune fille, puis la pressant sur son sein glacé par l'âge :

- Pauvre enfant, lui dit-il, ne pleure plus !

- Ô ! mon père, mon père, dit la jeune fille, Emmerick ne m'eût pas dit cela... il connaissait trop bien le cœur d'une jeune fille !...

- Toujours Emmerick, dit le vieillard, toujours lui !... Pauvre Flora !... Tout passe dans la vie !

Je t'ai vue naître au sein de la prospérité ; je t'ai vue rayonnante sur le sein de ta mère... ta pauvre mère que j'aimais tant ! Elle aussi, elle a eu ses souvenirs !... J'étais riche alors... Hélas ! tout est passé !...

Il n'y a pas encore bien longtemps, pauvre Flora, tu étais

brillante de santé et de vigueur ; tu étais gaie, car tu ne connaissais pas encore les soucis, les chagrins : ton cœur était pur comme l'onde argentée de la source de nos bois. Tout cela est encore passé ! Te voilà à l'âge des souvenirs ! Il me souvient moi-même de ma première jeunesse, de mes premiers plaisirs, de ces premières émotions d'amour qui firent battre mon cœur ; j'étais comme toi aussi, n'espérant que le bonheur : tout cela a passé encore !

Il me souvient encore de ce jour délicieux où j'épousai ta mère ; ce fut le plus beau jour de ma vie. Il est passé ! Et ta pauvre mère, et ces amis que j'avais invités à ma table, où sont-ils, ô ma Flora ? Ils sont passés !...

Et ces cheveux qui ont blanchi avec les chagrins, ces cheveux passeront comme tout le reste ; car tout passe dans la vie !....

Dieu ! il est donc vrai :

Tout passe dans la vie !

Et si tout passe, que sommes-nous donc, nous autres, sur la terre ?

Laissons de côté, pour un instant, les pensées du siècle ; abandonnons, pour un instant, ces espérances qui nous bercent, ces folles illusions que nous nous formons comme les chimères dont l'insensé se repaît ; ces faibles lueurs de bonheur et de joie qui passent rapidement et ne nous laissent en disparaissant que l'ennui et le dégoût... et que sera la vie ?

Mon Dieu ! que sera la vie ?

Le pénible souvenir du passé... la vaine espérance pour l'avenir... et puis... la mort !...

(1844)

La campagne

I

Pour celui qui aime les diversions agréables, qui hait le tumulte d'une ville, qui se plaît à goûter la brise fraîche, le parfum mielleux de la campagne, à méditer à loisir sur les vicissitudes, les courtes joies, la rapidité du pèlerinage de l'homme ; nous lui conseillerons de s'embarquer par une de ces belles et radieuses journées d'été, alors que le soleil commence à darder ses reflets d'or sur la surface limpide de notre fleuve, et de suivre en observateur attentif les rives des eaux qui baignent les côtes de la Pointe-Lévy.

Vous traversez rapidement sur un joli petit vaisseau à vapeur, vous pratiquez mille sentiers à travers les mille vaisseaux qui déploient leurs voiles mouillées et laissent flotter en tournoyant les banderoles de leur grand mât ; vous entendez le chant du nautonier et puis quelquefois le premier tintement de la cloche majestueuse de la cathédrale ; vous jetez, en vous éloignant, les yeux sur les toits dorés de la ville, puis vous approchez du rivage. Déjà vous êtes sous la douce influence de la campagne, vous vous sentez changé en nouvel homme, vous respirez un air pur, vous goûtez les charmes de la solitude. Plus de bruit ; rien que le souffle du zéphyr qui se joue dans les arbres, que le ramage de l'oiseau qui éveille ses petits.

Vous débarquez ; vous foulez le tendre gazon, l'herbe fleurie. Vous commencez votre route ; heureux pèlerin, vous marchez gaiement en fredonnant une chanson des bois ; vous passez de larges plaines émaillées de fleurs où vous apercevez en groupe la famille de l'homme des champs, image d'un bonheur sans mélange ; vous vous inclinez devant la croix de bois, monument des souvenirs ; vous vous désaltérez à l'onde pure et glacée de la source dont vous entendez le roulement sur les gravois, et puis vous continuez toujours. À chaque pas vous vous trouvez mieux, vous avez de nouvelles merveilles sous les yeux. Vous n'êtes pas seul ; vous êtes accompagné d'une foule de petits oiseaux qui vous suivent, vous devancent, vous environnent et semblent vous dire dans un langage invitant : Marche, marche toujours !...

Après avoir fait quelques lieues, vous apercevez dans le lointain la flèche svelte et élancée d'un clocher brillant, vous approchez encore ; vous arrivez sur une petite éminence et vous apercevez le plus joli petit village !... oh ! un village mignon, merveilleux, poétique ! N'allez pas plus loin ! ne passez pas ici sans vous reposer. Attendez que le souffle du soir vienne agiter la touffe verdoyante de ces beaux arbres, que le soleil vienne, à son coucher, disséminer ses rayons pourpres et azurés à travers les sinuosités de ces bocages, ou se refléter sur les ondes paisibles et argentées qui se jouent à leurs pieds. Attendez que le tourtereau vienne dans ses gazouillements saluer le jour qui pâlit, caresser tendrement, becqueter amoureusement la jeune tourterelle ! que la cloche vienne promener dans les bois sa voix si expressive et pleine d'une poésie ravissante !

Aujourd'hui qu'un voile sombre et d'horreur s'est répandu sur notre triste cité ! aujourd'hui que la joie et l'espérance se sont évanouies pour nous, moi, j'aime comme cela à laisser le spectacle effrayant des ruines ! j'aime à aller secouer de mes pieds la cendre des choses humaines, la poussière des grandeurs du monde, là, dans ces campagnes où il ne régna jamais que la belle simplicité du premier âge.

Quand je laisse la ville, j'aime à gagner ces vastes solitudes où l'homme est seul avec lui-même, où la pensée règne sans obstacle et dans toute sa sublimité. J'aime que les vents fassent craquer sourdement les forêts ; que les flots en fureur viennent se briser à mes pieds ; que la tempête gronde sur ma tête ; et puis, après l'orage vient le calme : j'aime alors le soleil qui perce les brouillards ; j'aime le zéphyr qui détache des feuilles la rosée en mille petits globules étincelants, qui caresse le gazon qui a reverdi, la fleur qui s'est éclose..........

II

Ne vous est-il jamais arrivé dans vos promenades champêtres de vous reposer sous le toit de paille d'une de ces petites huttes que vous rencontrez de distance en distance et que vous voyez isolées des autres, entourées de vieux sapins dépouillés de verdure et portant aux cieux leur cime penchée. Entrez donc, voyageurs indifférents ; c'est la cabane du fils de la charrue...

Garde le silence, n'aboie plus, ô fidèle gardien du bercail ; le loup ne dévorera plus tes brebis, car nous avons entendu ta voix jusque dans les montagnes... Nous sommes de pauvres pèlerins ; nous voulons saluer le fils de nos premiers pères et ses petits-enfants...

Ô riches orgueilleux des villes superbes ! dites-moi si, sous vos lambris dorés, vous goûtez le bonheur paisible du bon paysan. Dites-moi si, dans le tumulte de la foule des envieux, vous respirez comme lui l'air pur et embaumé des fleurs. Vous éveillez-vous comme lui au son de la cloche du matin, avec les chants joyeux de l'oiseau ? Entrez donc, voyageurs insensibles, abandonnez pour un instant ces souvenirs, ces pensées de grandeur et d'orgueil ; et vous qui aimez la simplicité, venez la voir dans toute sa pureté...

Un jour au coucher du soleil, je marchais sur le rivage, mesurant mes pas sur le roulement monotone des flots. Je vis dans une large plaine une de ces modestes chaumières ! je sentis battre mon cœur de plaisir. Ce fut une sensation que je ne saurais expliquer.

Sur le seuil un vieillard décrépit balançait sur ses genoux chancelants un petit enfant qui caressait sa longue barbe blanche. À côté du vieillard était une jeune fille, dans la fleur de l'âge, rayonnante de santé et de joie. Ce rapprochement des trois âges de la vie, là au pied d'une chétive cabane qui menaçait de s'écrouler sous le poids des temps, était imposant. Triste sublimité ! Je regardais le petit enfant et puis le vieillard qui tremblait et je me disais : Mon Dieu, est-ce donc là tout le pèlerinage de l'homme ! Et puis, quand je regardais la jeune fille au front si pur et si calme, au sourire si joyeux et si candide ; quand je considérais ce vif incarnat de l'innocence et de la vigueur répandu sur ses traits, je me disais : Cette jeune fille sera pourtant comme ce pauvre vieillard un jour ; mais ce jour doit être bien loin au moins !

Le vieillard, lui, regardait le petit enfant et la jeune fille en versant des larmes. En eux se concentraient tous ses souvenirs ! Oh ! il pourrait bien me dire, lui, quel est la durée du jour que l'homme passe depuis sa naissance jusqu'au tombeau ! Comme ses paroles sont sinistres pour le jeune homme ! « Pauvre petit, disait-il, au jour de ta naissance le pauvre vieillard pleura sur ton berceau ; car lorsque la cloche du hameau proclama ton existence, le pauvre vieillard se rappela qu'un jour passé une famille joyeuse aimait à répéter son nom comme le tien !.......

« Pauvre petit, un jour à venir tu endormiras comme moi sur ton sein le fils de ton fils, ici dans cette vieille chaumière où j'ai été bercé moi-même ; cette chaumière est le plus beaux de mes souvenirs !.... »

Ô ! entrez donc, passants, dans la chaumière, si vous aimez les scènes attendrissantes...........

III

Aimez-vous, comme ce pauvre vieillard, à vous entretenir de souvenirs ? Le souvenir, c'est la mélancolie, car le souvenir est toujours douloureux, soit qu'il vous rappelle un malheur ou un plaisir.

Quand je suis à la campagne, je ne m'occupe que de souvenirs. Ô souvenir ! quelle puissance n'as-tu pas sur mon cœur !... L'arbre touffu me rappelle un bocage odoriférant où j'ai passé mon enfance. Comme l'ombre y était douce ! comme le repos y était bienfaisant ! Oh ! je m'en souviens ! C'est là que j'ai eu mes premiers plaisirs ; c'est là que j'ai connu mes premiers amis !...

Vous êtes sur le bord d'une petite rivière : vous aimez tendrement. Vous voyez passer une nacelle à la coupe fine et élégante, aux voiles blanches comme la neige. Vous dites : Oh ! cette nacelle ressemble à celle où j'ai vogué aux côtés de celle que j'aime. Dieu ! comme les eaux étaient calmes, comme les zéphyrs étaient badins !... Et votre cœur bat doucement !...

Le souvenir dans la solitude : c'est là où il règne, comme la pensée, sans obstacle.

Vous êtes dans une épaisse forêt : il y a un silence parfait. Pour peu que vous ayez l'imagination féconde, ne vous rappelez-vous pas toute l'histoire de votre vie ? Votre imagination ne vous retrace-t-elle pas tous les lieux que vous avez visités, les plaisirs, les délices que vous avez goûtés, les beautés, les merveilles que vous avez vues, les douleurs, les peines que vous avez éprouvées ?

Écoutez, par exemple, le pauvre exilé qui chante, le front appuyé sur un rocher solitaire, ses adieux à sa patrie. C'est le souvenir qui parle :

« Adieu, campagne, séjour de mon enfance !

« Adieu, beaux arbres qui m'avez vu naître, montagnes que j'ai tant de fois gravies, forêts que j'ai si souvent traversées !

« Je n'irai plus à l'ombre du hêtre verdoyant me soustraire aux rayons d'un soleil brûlant, entendre le gazouillement des oiseaux !

« Petits oiseaux, que chantez-vous ?

« Comme moi, vous chantez douloureusement votre pèlerinage ;

comme moi, vous passez sur une terre étrangère. Petits oiseaux, adieu !

« Ô Saint-Laurent ! je n'irai plus sur tes rives entendre le roulement de tes ondes ; aux jours de tempête le mugissement de tes vagues ne m'endormira plus !

« Et cette cloche qui appelle en ce moment le laboureur à sa table, cette cloche ne m'éveillera plus ! »...........

Ô campagne, pays des souvenirs, combien l'âme sensible se plaît dans tes bosquets silencieux ! l'âme qui aime à méditer, qui se plaît dans ces rêves dorés que tu prêtes à l'imagination !... Ô campagne, patrie du poète, c'est dans ton sein qu'il nourrit sa muse, car le poète ne vit que de souvenirs et d'espérance ; c'est le souvenir qu'il redit, c'est l'espérance qu'il invoque dans ses chants !...............

IV

Aimez-vous quelquefois les pensées sombres ?

Oh ! il me souvient d'un jour d'automne que je passai à la campagne !

Vous avez entendu quelquefois de ces immenses montagnes toutes couvertes de noires forêts et qui baignent dans une mer bouillonnante ; vous avez entendu ces sourds mugissements des vents à travers les arbres et qui semblent être les derniers du tigre mourant.

C'était un jour de la Toussaint. Le soleil s'était caché derrière de gros nuages grisâtres qui roulaient rapidement dans les airs ; la nature s'était couverte d'un voile de deuil. Je suivais la rive du fleuve, ayant d'un côté des montagnes qui se perdaient dans les nues, de l'autre une mer orageuse toujours prête à m'engloutir. J'entendais le tintement de la cloche qui appelait les hommes sur le bord des tombes, et toujours ce vague mugissement des orages, le craquement des arbres qui pliaient, résistaient et finissaient par rouler avec fracas sur la pente des montagnes.

Je me rendis au champ des morts !...

Quand je voyais tous les hommes s'incliner le front dans la poussière, devant la croix rongée des tombeaux ; quand j'entendais le pasteur prier pour les âmes de mes ancêtres ; quand je voyais le vieillard se pencher sur la terre qui devait bientôt l'ensevelir dans son sein, la jeune fille pleurer sur l'urne qui lui avait dérobé ses plus tendres espérances, le jeune homme embrasser le marbre froid qui lui retraçait ses plus beaux souvenirs, hélas ! mon cœur était sous l'influence de ces impressions sombres et terribles qui bouleversent et accablent.

Triste fatalité ! aujourd'hui je pleure l'homme qui n'est plus, et demain l'homme qui vit me pleurera à son tour !...

Et puis le jour de deuil passait ! Le glas de la mort cessait ; tout était fini, jusqu'au dernier souvenir de l'homme...

La foule cessait de fouler la cendre des morts ; j'entendais le roulement des portes du cimetière qui se refermaient ; je croyais voir les mânes qui se renfermaient dans leurs tombes, et puis le ver du tombeau qui continuait en silence sa tâche sur le cadavre !..............

V

Les ruines à la campagne n'ont-elles pas une teinte de poésie sublime !...

Je ne sais si tout le monde éprouve les mêmes sensations que moi, à la vue d'une de ces habitations désertes, abandonnées, environnées d'une effrayante solitude, surtout lorsque la nuit est bien noire et que l'éclair seul vient jeter sur ces ruines une lueur pâle et sinistre ; lorsque les vents viennent se précipiter en sifflant dans les carreaux des fenêtres et font mouvoir rapidement sur leurs pivots les banderoles de métal fixées aux extrémités du toit, qui font entendre alors un bruit semblable aux roucoulements de l'oiseau de mauvais augure ; lorsqu'enfin la pluie vient tomber avec fracas sur le toit qui craque sourdement, ou battre violemment le long des murailles disjointes.

Il m'est arrivé une fois de passer près d'une de ces misérables et antiques habitations qui devait bientôt n'offrir qu'un amas de ruines et qui avait quelque chose de grand et d'imposant dans son ensemble et dans sa construction robuste. On l'eût prise pour un ancien château, à voir ses trois grandes lucarnes en demi-cercle, ses croisées taillées en gothique, son énorme portique à colonnettes toscanes, son dôme affaissé, la haute et forte balustrade qui l'entourait, et le vieux chêne centenaire qui laissait pendre sur son toit, couvert de mousse, ses rameaux nus et sans verdure, comme s'il eût voulu encore une fois protéger cette espèce de vieux manoir des injures du temps.

Dans la belle saison, c'était le refuge de tous les chantres des bois. L'oiseau venait y chanter sur les branches du vieux chêne ou folâtrer sur la mousse jaunâtre du toit ; l'hirondelle au printemps y faisait son nid sous les dalles et sous les corniches des vitraux ; l'écureuil y grugeait sa pâture dans le grenier, où il pouvait pénétrer par les mille ouvertures que les orages avaient pratiquées partout.

J'entrai dans cette maison. L'intérieur n'offrait rien de mieux que l'extérieur. Vous y aperceviez le même degré de vétusté, de délabrement et de solidité. L'écho y répétait vos pas quelque légers qu'ils fussent. Les murs n'offraient plus que quelques rares taches d'un crépi sale et usé ; les plafonds ne consistaient plus qu'en un ensemble dégoûtant de lattes croisées et toiles d'araignée ; les portes sont disjointes et crient sur leurs gonds rouillés. Partout un air fétide et suffoquant. Les chambres sont vastes ; les volets fermés y entretiennent une obscurité aussi horrible que celle d'un tombeau enfoui à dix pieds sous terre.

N'est-il pas vrai que ces habitations abandonnées ont quelque chose d'effrayant et de grand à la fois ? Ne ressentez-vous pas en les approchant une crainte vague, une sueur froide, qui vous fait trembler ?

Et lorsque le soir vous y apercevez quelques-uns de ces météores enflammés qui tournoient, ne croyez-vous pas voir l'esprit des ruines, les ombres de ceux qui y ont habité ?...

VI

Voulez-vous quelque chose de plus satisfaisant ? Que dites-vous des veillées de campagne ?... Une lampe à large bec jette sur les cloisons mousseuses une lumière obscure ; l'homme des champs est assis près de l'âtre pétillant, entouré de son épouse filant son lin, et de ses petits enfants qui s'amusent avec des châteaux de cartes ; et la jeune fille au fond de l'appartement qui rêve son avenir avec son amant.

Aux jours de fête, la grand'mère y rassemble ses petits fils et leur dit les histoires du vieux temps, les miracles des sorciers.

Oh ! que j'aime ces narrations où le bon vieillard verse des larmes sur un passé plein de charmes, lorsqu'il raconte avec orgueil les premières actions de sa vie à ses petits enfants, qui sourient d'espérance en attendant le jour où ils pourront en faire autant.

J'ai passé de ces veillées bien souvent ; je me suis mis en cercle avec ces bons agriculteurs, j'ai pris part à leur conversation.

Quelquefois, dans les grandes chaleurs, nous allions sur le seuil de la porte voir l'étoile briller au ciel, entendre le bruissement de la chauve-souris, quelquefois la voix du berger qui chantait ses amours en reconduisant son troupeau. Ah ! que ces chants du soir étaient poétiques ! que j'aimais ces accents passionnés qui s'éloignaient insensiblement dans les bois !...

Et puis quand l'heure du sommeil sonnait, je voyais la famille se prosterner devant l'image de Dieu, et le vieillard de sa voix tremblante bénissait le ciel pour le jour qui venait de finir et l'implorait pour le lendemain.

Et quand la prière était finie, chacun se signait avec le buis bénit et attendait le matin dans un sommeil paisible...

VII

Quand vous êtes à la campagne, aimez-vous comme moi à bâtir des châteaux en Espagne ?

Vous croyez que je m'amuse avec ces rêves, ces images que l'ambition se forme.

Vous croyez que j'aspire à un bonheur chimérique, que je désire par exemple un trône, une majesté suprême, des habits d'or, des palais superbes, des favoris flatteurs, des esclaves enchaînés, des richesses immenses, un nom brillant !...

Ô mon Dieu, non ; ce qui me charmerait, ce qui me procurerait ce bonheur que je rêve si souvent, ce serait une jolie petite maison de campagne, couverte de chaume, proprement blanchi, entourée de pins touffus ; j'aimerais que l'oiseau y chantât toujours ; je désirerais une modeste aisance, une épouse chérie pour la partager avec moi, et deux véritables amis pour toute société.

S'il ne tenait qu'à désirer, je n'oublierais pas la petite rivière aux cascades bouillonnantes, les bocages fleuris, j'aurais de petits troupeaux ; je m'érigerais en berger ; comme la houlette et le flageolet me charmeraient !...

Il me semble que tous les jours s'écouleraient sans ennui.

Je me lèverais avec le soleil ; je consacrerais ces premières heures du jour à la poésie ; j'aimerais par exemple à saluer dans mes vers ce beau soleil qui se réfléchirait comme une teinte d'or sur les rideaux blancs de mes fenêtres, à dépeindre ces belles scènes de la nature de ma chère patrie !...

Au milieu du jour j'irais dans les champs voir le moissonneur et ses fils chargés d'épis dorés ; je partagerais leur collation frugale.

Sur la fin du jour, j'irais dans les bois poursuivre le lapin, abattre le gibier ; et au crépuscule j'irais chez mes amis raconter les plaisirs de la journée.

Mon Dieu ! tout ceci n'est pas impossible pourtant.

J'y pense souvent ; je m'amuse avec l'espérance de pouvoir réaliser un jour mes vœux.

Cette espérance seule me fait vivre et charme mon existence.

Voilà tous mes châteaux en Espagne.

(1844)